U0141716

沙河悲歌。

七等生

【出版前言】

削瘦卻獨特的靈魂

生命裡不免會有令人感到格格不入的時候，彷彿趔趄著從一眾和自己不同方向的人羣中穿行而過。然而如果那與己相逆的竟是一個時代、甚至是一整個世界，這時又該如何自處？一生以叛逆而前衛的文學藝術屹立於世間浪潮的七等生，就是這樣一位與時代潮流相悖的逆行者。他的創作曾為他所身處的世代帶來巨大的震撼、驚詫、迷惑與躁動，而那也正是世界帶給他孤獨、隔絕和疏離的劇烈迴響。如今這抹削瘦卻獨特的靈魂已離我們遠去，但他的小說仍兀自鳴放著它獨有的聲部與旋律。

該怎麼具體描繪七等生的與眾不同？或許可以從其投身創作的時空窺知一二。在他首度發表作品的一九六二年，正是總體社會一意呼應來自威權的集體意識，甚且連文藝創作都被指導必須帶有「戰鬥意味」的滯悶年代。而七等生初登文壇即以刻意違拗的語法，和一個個讓人眩惑、迷離的故事，展現出強烈的個人色彩與自我內在精神。成為當時一片同調的呼聲中，唯一與眾聲迥異的孤鳴者。

也或許因為這樣，讓七等生的作品一直背負著兩極化的評價；好之者稱其拆穿了當時社會表象的虛偽和黑暗面，凸顯出人們在現代文明中的生存困境。惡之者則謂其作品充斥著虛無頹廢的個人主義，乃至於「墮落」、「悖德」云云。然而無論是他故事裡那些孤獨、離羣的邊緣人物，甚或小說語言上對傳統中文書寫的乖違與變造，其實都是意欲脫出既有的社會規範和框架，並且有意識地主動選擇對世界疏離。在那個時代發出這樣的鳴聲，毋寧是一種挑釁，也無怪乎有的人視之為某種異端。另一方面，七等生和他的小說所具備的特殊音色，也不斷在更多後來的讀者之間傳遞、蔓延；那些當時不被接受和瞭解的，後來都成為他超越時代的證明。

儘管小說家此刻已然遠行，但是透過他的文字，我們或許終於能夠再更接近他一點。印刻文學極其有幸承往者意志，進行「七等生全集」的編輯工作，為七等生的小說、詩、散文等畢生創作做最完整的彙集與整理；作品按其寫作年代加以排列，以凸顯其思維與創作軌跡。同時輯錄作者生平重要事件年表，期望藉由作品與生平的並置，讓未來的讀者能瞭解台灣曾經有像七等生如此前衛的小說家，並藉此銘記台灣文學史上最秀異特出的一道風景。

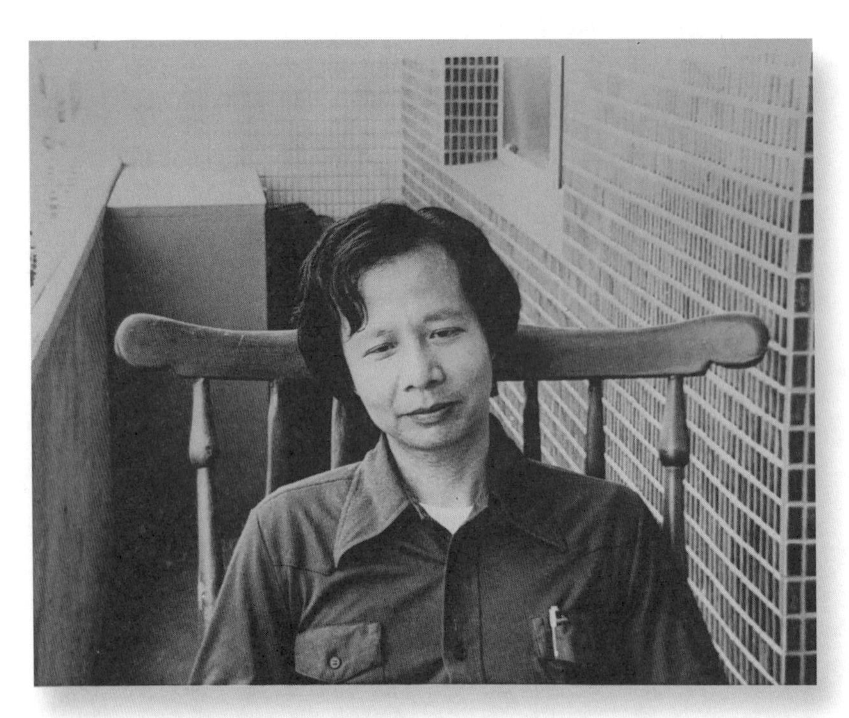

休憩餘暇，攝於1976年

1976年《沙河悲歌》，遠景（初版）

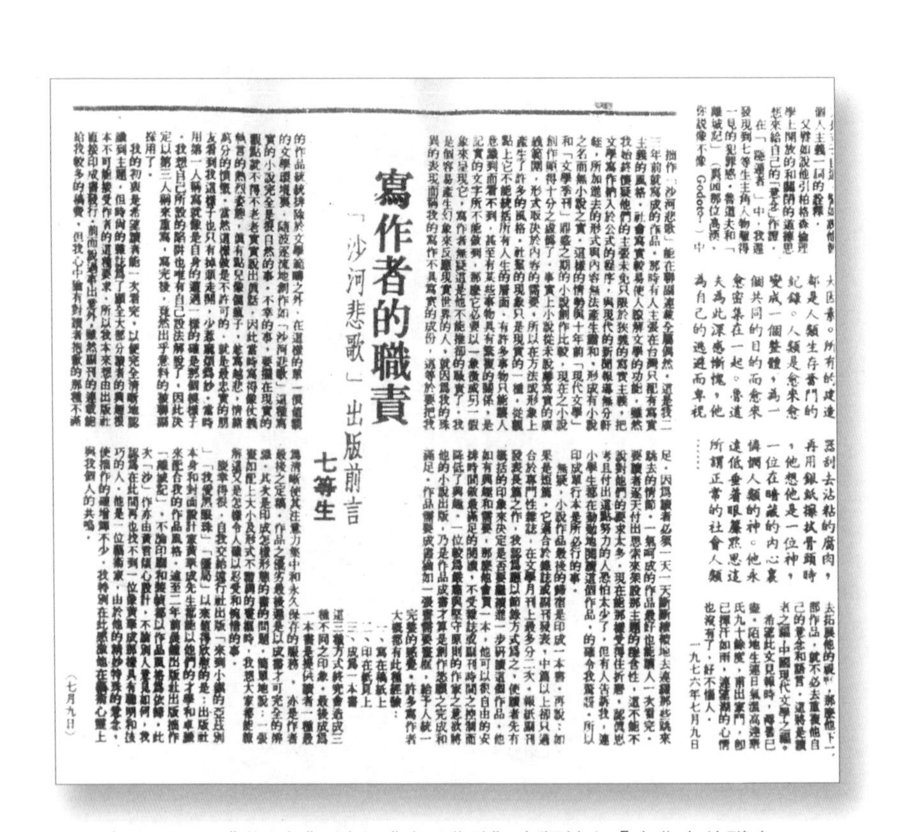

寫作者的職責

「沙河悲歌」出版前言

七等生

大因素。所有的建造都是人類生存奮鬥的紀錄。人類是愈來愈變成一個整體，為一個共同的目的而愈來愈密集在一起。魯道夫為此深感慚愧，他為自己的逃避而卑視

器刮去沾粘的腐肉，再用銀紙擦拭骨頭時，他想他是一位神，一位在暗藏的內心裏憐憫人類的神。他永遠低垂着眼簾默思這所謂正常的社會人類……

一九七六年七月九日

（七月九日）

1976年7月23日《聯合報》刊登《沙河悲歌》出版前言「寫作者的職責」

目錄

寫作者的職責

——《沙河悲歌》出版前言

拙作〈沙河悲歌〉能在聯副連載全屬偶然。這是我二三年前就寫成的作品。那時有人主張在台灣只配有寫實主義風格，社會寫實較易使人瞭解文學的功能，雖然我始終懷疑他們的主張未免只限於狹義的寫實主義，把文學寫作納入於公式的程序，與現代的新聞報導無分軒輕，所加進去的形式與內容無法產生諧和，形成有小說之名而無小說之實。這樣的情勢與十年前《現代文學》和《文學季刊》鼎盛之期的小說創作比較，現在之小說創作顯得十分之虛偽了，事實上小說從未脫離寫實的廣義範圍，形式取決於內容的需要。所以在方法或形象上產生了許多的風格。社羣的現象只是現實的一種。從觀點上它不能統括所有人生的層面。有許多事物只能讓人意識到而看不到，甚至有某些事物具有繁複的關係，是紀實的文字所不能做到，那麼它必要以一象徵或另一假象來呈現它。寫作者無疑這是他不能推卻的職責了。我是個容易產生幻象來反應現實世界的人，就因為我的殊異的表現而稱我的寫作不具寫實的成份，這等於要把我的作品統統排除於文學範疇之外。在這樣的單一價值觀的文學環境裡，隨波逐流地創作如〈沙河悲歌〉這種寫實的小說完全是很自然的事。不幸的事，要擺在現實的觀點就不得不老老實實說出真話，因此當時寫得像仗義執言的熱烈姿態，真有點兒像個瘋子，越寫越悲，情緒萬分的憤慨。當然這樣做是不許可的，就是最忠實的朋友看到我這樣子也只有掉頭走開。少惹麻煩為妙。當時用第一人稱寫就像是自身的遭遇一樣的確是那個模樣子。我想自己所設的陷阱也唯有自己設法解脫了，因此決定以第三人稱來重寫，寫完後，竟然出乎意料的被聯副採用了。

我的初衷是希望讀者能一次看完，以便完全清晰地認識到主題，但時尚的雜誌為了顧全大部份讀者的興趣根本不可能接受作者的這種要求，所以我本來想由出版社直接印成書發行。前面說過事出意外，雖然副刊的連載能給我較多的稿費，但我心中猶有對讀者抱歉的那種不滿足，因為讀者必須一天一天斷斷續續地去連綴那些跳來跳去的情節。一氣呵成的作品最好也能讓人一次看完。要讀者逐天付出思索來架設那主題的隱含性，這不能不說對他們的要求太多，現在能那樣受得住折磨，認真思考且付出這點努力的人恐怕太少了。但有人告訴我，連小學生都在勤勉地閱讀這個作品，的確令我驚訝。所以印成單行本是所必行的事。

無疑，小說作品最後的歸宿是印成一本書。再說：如果是短篇，它適合於雜誌或副刊發表，中篇以上卻只適合於專門性雜誌，在文學月刊上最多分二次。報紙副刊發表長篇之作，我認為應以節錄方式為之，使讀者先有概括的印象來決定是否要繼續進一步研讀這個作品，他如有興趣和需要，那麼他會買一本，他可以很自由的安排時間做最滿足的閱讀，不受雜誌或副刊時間之控制而降低了興趣。一位較為嚴肅與堅守原則的作家之意欲將他的小說出版，乃是作品成書才算是創作欲願之完成和滿足。作品需要成書猶如一張畫需要畫框，給予人統一完整的感覺。許多寫作者一概都有此種經驗：

一、寫在稿紙上。

二、印在紙頁上。

三、成為一本書。

這三種方式終究會造成三種不同之印象。最後成為一本書是提供讀者一種最為清晰使其注意力集中和永久保存的服務，亦是作者最後之定稿，作品之優劣最後還是以成書才可完全的辨識。其次是印成怎樣形態的書的問題。簡單地說：一張畫如配上大小及形式不諧調的畫框時，我想大家都能瞭解這又是怎樣令人難以忍受和惋惜的事。

慶幸得很，自我交給遠行社出版《來到小鎮的亞茲別》、《我愛黑眼珠》、《僵局》以來值得欣慰的是：出版社本身和封面設計家黃華成先生都能以他們的才華和卓識來配合我的作品風格。遠至二年前晨鐘出版社出版拙作《離城記》，不論印刷和裝幀都以作品格為依歸，此次「沙」作亦由黃君傾心設計，不論別人意見如何，我認為在此間再也找不到一位像黃華成那樣具有聰明和技巧的人。他是一位藝術家，由於他的精妙特殊的意念，使拙作的確增輝不少。我特別在此感激他在藝術心靈上與我個人的共鳴。

民國六十五年七月二十三日《聯合報》

沙河悲歌

序

我所敘述的這個故事是有關於一位醉心於追求樂器吹奏技藝的男人，他的雙親、兄弟姐妹，他個人的生活遭遇，結識朋友，第一次的性愛，病痛，結婚和情愛，直至他對生命有所醒悟的整個生活史。背景是日本人發動第二次世界大戰，刮盡台灣的一切物質，戰敗結束統治後，所遺留下來的貧困的十數年之間，當時有一很出名的劇團——葉德星歌劇團做為他前半期流浪生活的舞台，後半期則回到他的誕生地沙河鎮當一名酒家的奏哲者討生活。這些人物和場景都是我自小所熟悉的真人真事，但為了不使尚有人間的當事人感到難堪，皆採用假名，沙河與沙河鎮亦屬杜撰。

七等生　識

六五、一、十四

一

晚上約莫九點鐘左右李文龍從座落在街尾的一間低矮的瓦房走出來，從外表看不出而事實上是一隻半殘廢的左手臂在腋下夾著樂器克拉里內德*。他是外表不壞的中年男子，中等身材有些瘦，穿著白色襯衫和一條舊的黃卡其色褲子。他朝街頭走了約五十公尺，然後左轉入一條黑漆的小巷，那條巷事實上是一條大圳溝，除了在馬路的一部份外，這條水泥溝渠在巷子裡並沒有加蓋。李文龍走的是溝緣的狹道，他的腳步並不太穩當，有點左右搖擺，好像一個走索者，但他已經走慣了這條路絕不會掉進圳溝裡，這像是一條黑暗的隧道，在盡頭的兩端都可以看到街燈照下的光亮，他走出來筆直地橫過昏黃光的街道，習慣地朝著兩排樓房走廊上站立的人們掃視一眼，要是那些閒散的鎮民同時也看到李文龍從巷子走出來，他們雖不說出來或和他打招呼，但他們心裡卻有一個印象，像互屬於兩個不同世界之間的蔑視，經過了最初的好奇和猜疑之後，互相間都有那種冷淡的和平。他又走進另一段黑漆的小巷，同樣是那條沒有加蓋的大圳溝。然後這條溝圳直角向北，李文龍來到另一條橫街，在西面盡頭接住縱貫公路，那裡有兩家相對面的酒家，都掛著紅綠色的燈光招牌，街路上顯得很冷清，但屋子裡面卻很熱鬧。他在樂天地和圓滿兩酒家奏唱了一夜，約莫凌晨一點鐘回到家門，木門已經關上了，他輕叩了幾聲，靜等了一會兒，他想玉秀和孩子已經睡熟了，於是他轉身走開回到街上。他到火旺後樓的祕密賭場轉了一圈，那些人賭興方酣，他只站了幾分鐘又回到街上。當他走出來時覺得一陣眼花，頭頂像壓著沉重的石塊。樂器克拉里內德分成兩節捲在布巾裡，依然夾在那喪失筋力的左手臂腋下，這隻手臂每當他在惡夢中驚醒過來，常常發現它纏在弄亂的蚊帳裡。在酒家奏唱時好女色的昌德和明煌曾來找他，他們互相喝了幾杯酒。但他沒有半點睡意，醉意和瘋狂，他已經習慣午睡到黃昏，吃過晚飯後為生活到酒家奏唱賺幾十塊錢。他抬頭望望彎月，也許是魔神附他，使他離開鎮街，昏迷般地步向郊外的沙河。他咳嗽得很厲害，好像急迫地想要叩開頭頂上幽黑的天門。從胃部湧到喉頭許多帶酸的水液，吐掉後又從胃部裡湧上來。他想：有一天要是從肺部裡咳出大量的血液來，那會結束了這條生命。

來到沙河已夜深幽寂，除了淺流潺潺細訴。他想到他的弟弟二郎，他對他寄以厚望。來到沙河晨霧已經瀰漫。這條河有兩個發源：一條由坪頂山下來，細流經過土城梅樹腳；一條自北勢窩流經番社在南勢與那一條水流匯成三角洲，然後通過沙河橋流向海峽的海洋。沙河以沙多石多而名，經常呈枯旱狀態，只有一條淺流在河床的一邊潺潺鳴訴，當六七月的大水過後，這條細流常因變更的河床地勢而改道，幾年在南邊岸，幾年在北邊岸。幾百年前沙河河床甚低，海水在潮漲時能駛進福建來的帆船，這件事已被先祖的死亡而遺忘了，現代的人根本不知道這樣的事。但李文龍曾在小時候聽過他的祖父說到這件事，當他要到沙河來游泳時他的祖父會警告他勿游向深水處，不要靠近跳水谷，只許在橋下淺流裡。李文龍坐在石頭

＊豎笛 clarinet 音譯。

上臨著水邊注視水流，從褲子後袋掏出一瓶酒，向河水倒下一些敬敬沙河河神，然後自己也呷一口。

沙河淺流潺潺細唱。

他試吹著幾聲樂器克拉里內德，吹嘴的簧片在酒家已經吹裂，他用破裂而沙啞的聲音吹奏著夜曲。他常獨自吹奏名曲，那是他的弟弟二郎到城市求學後陸續為他寄來的，但在酒家他和彈吉他琴的金木依然奏著他們熟悉的〈望春風〉或〈補破網〉這類民謠。

那年，他決意追隨葉德星的歌劇團當一名職業樂師時，李文龍跪著向母親請求說是為藝術；今天，他才懂得什麼是生活和賦格。他沒有辱沒他心中的願望，可是並不是他想追求時就獲得它，它來時卻是當他萬念俱灰之時。

他這樣想：城市大轟炸的第二年如果父親不禁止他到台北進高等學府就學的話，現在李文龍可能是位有成就受人崇仰的音樂家或是什麼實業界的經理。而不是像今天為賺取生活在酒家奏唱受人輕卑的落水狗。他又想：到頭來可能都一樣，哲學的重要課題雖是認識論的問題，但所有可能的人生必須付於實踐；對他來說，音樂家和奏唱者之間唯一的識別不是氣質而是環境和使命的選擇。

有趣，李文龍曾經希望在沙河鎮公所當一名雇員，當他的肺病嚴重已到迫使他放棄吹奏樂器傳佩脫*時。他放棄了樂器傳佩脫改吹樂器薩克斯風，幾年之後他能夠熟練地吹奏任何種類的薩克斯風樂器。但是時光前進，他的健康又迫使他放棄樂器薩克斯風，或者寧可說李文龍的精神已厭煩薩克斯風樂器的悲鳴，最後樂器克拉里內德才是他真正需要的好工具，高傲而飲泣般的樂器克拉里內德才是他的生命哲學。

二

李文龍想他應該寫信給二郎。他不知道有多久沒有寫信給他，也許有半年或整整一年，他不是一個善於用文字或語言表達情感的人，但他是一個內心充滿熱情的人，除了有某些例行的事需通知二郎外，譬如戶口校正或回信說收到了歌本，他無法去訴說情感的問題。他想二郎就是自己的親弟弟，這件事實已足夠證明他們間的互愛，而無需再用言語說什麼，就是他和二郎在一起同住家裡時，也甚少用語言來互相阿諛表示親愛，可是他們之間卻能用心去感覺，就是現在二郎遠在城市和他相距幾百里，他和二郎之間亦能互相感覺。但是有一件事他應該寫信給他，或者假如現在他能和他見面，他必定要當面告訴他。

這件事是當他跪求母親讓他去追隨葉德星歌劇團時，母親不明白李文龍所說的藝術是什麼意思。母親只知道人人要照顧日日的生活，人人必須做不為習俗所輕卑的工作。母親說：你要開始工作賺錢使生活改善點。母親那時不瞭解李文龍正熱心於樂器傳佩脫的技藝，他的確吹奏的不壞，他想要出人頭地必須使樂器傳佩脫的音色異於他人，有時必須達於他人所難以吹奏的高音，他必須離開沙河鎮到外面的世界去吸收經驗，也應該到外面的世界去表現他

＊小喇叭 trumpet 音譯。

的才能。土生土長的樂師都不懂得看五線譜，他們用的都是印成簡譜的本子，但李文龍不然，從開始他便揚棄簡譜而在五線譜上下工夫，這個理由不單是樂曲有時要移調去適合給歌劇團的女演員唱，另一個理由是為了知識，接受外國曲調豐富的大曲子，它也許在歌劇團派不上用場，卻可以在工作時間外吹奏滿足自己。

「跟隨歌劇團和那些不三不四的流浪人混在一起能夠出人頭地嗎？」母親說。

李文龍第一次察覺他和母親有觀念上的差異。母親傳統上的觀念無法瞭解他的需要和他血脈的跳動。他感到他在家已經無法再待下去。戰爭的最後一年，事實上那時誰也不知道戰爭要延長到什麼時候，父親知道他在家無事可做，卻並不知道他偷偷地瞞著他練習吹奏傳佩脫樂器。父親留李文龍在家裡是為了安全的問題，不讓他到正遭受轟炸的城市繼續讀書；父親說只要戰爭結束馬上送他到城市進高等學府，父親那時也自恃自己有一份公家的事做，生活一切沒有問題，但一日經過一日，拖延了好幾年，生活隨戰爭日漸窮苦。母親要李文龍在沙河鎮學做木匠，他順從她的意思做了二個星期，他帶著沮喪的感想回家時，母親不斷地搖頭嘆息，說她看不出他將來能做出什麼來。

他和昌德每日約好到沙河橋下勤奮地練習，李文龍吹奏樂器傳佩脫，昌德吹奏樂器斯賴*，樂器屬於沙河鎮公所的保管財產，向鼓勵青少年吹奏樂器預備組成樂隊的管理員借來的。直到那一天，他終於向母親偷偷地宣佈當晚深夜要隨葉德星的歌劇團遷徙離開沙河鎮時，母親才真正傷心地哭泣了。她始終不瞭解他為何要去當一名歌劇團的樂師來羞辱她；她的觀念無法明瞭有成就的藝人也是一種出人頭地；她不懂什麼是藝術，她沒有受過學校教育，她所不知道的正是年輕的李文龍所知道的。父親是讀書人，卻是舊時代的讀書人，在鎮公所當一名職員，生活在沙河鎮使他必須謹慎地顧全他的面子，李文龍不能事先告訴他，他要離開家去從事樂師的職業，他知道他的決定會大大地刺傷父親的尊嚴，父親會承受不住他內心的愧疚，父親事先知道了他一定走不成。所以他只能偷偷地告訴母親，李文龍為情勢所逼雙膝跪下懇求母親讓他走。

現在他必須告訴二郎首先追求的技藝藝術到最後會轉來發現自我。李文龍在沙河鎮樂天地和圓滿兩酒家來回奏唱，為那些議員和鎮民代表，為那些農會職工或學校的教師，甚至是為那些過去是可憐的佃農現在已擁有土地的驕蠻的農夫和唯利是圖的商賈吹奏助興的流行歌，他們頗神氣地以為李文龍是為他們而非為自己的存在吹奏，他們並不知道這其中的奧妙，一個藝人的生命乃在於他真正的表演中，他們輕卑地賞給他幾塊錢，以為是他助長他們的豪情和享樂，而不知道他更重要的是做了情感會合的媒介，他們平時雖然貪圖錢財愛好名位，可是在李文龍看來，生命的憂患其本質都是相同的，藉樂忘憂事實上是探詢憂患的真正價值，像土人們在狂歡節後而能溫馴地回到生活辛勞的狩獵；當他們和那些酒女一起混聲合唱〈望春風〉時，情感會合而生命的意志融會在一起。李文龍不知道他的弟弟二郎是否會欣然喜悅或接受這種盡情的胡鬧。二郎的天質聰慧，年幼時李文龍便以他為榮，他想二郎也許將會明瞭自憐是寬恕和淡忘社會的變遷所帶來的逆境的一個主要的情愫。

---

*伸縮喇叭 slide 音譯。

李文龍漸漸地認識了他所從事的職業的生活形態，許多例行反覆不已的事物，造成他在厭煩後逃避去關注它。他跟隨葉德星歌劇團離開沙河鎮，每十天必須轉換一個地方，常常是由這一縣到另一縣，途程是數十里或數百里的長征，劇團的演出非常不可能此鎮演完就到鄰鎮去，開始時給他很大的迷惑和新奇的感覺，後來他明白了，這種辛勤的勞頓完全是為了觀眾的心理，觀眾是喜愛好奇的動物，他們會厭膩相同的形式或久知的事物，他們需要新奇的東西來調合呆板式的日常生活，他們渴欲觀睹新面孔來刺激想像力，但劇團改變戲碼變換形式十分不易，劇團的遷徙等於在逃避熟識他們的觀眾，劇團的生存只能選擇陌生的異地，最後一天晚場戲演完後，隨即捆綁行李，拆下佈景，工作在疲勞中進行，任何人都需要配合這種工作，常常可以看出感人的團體精神，卡車在戲院門前等候，搬運的工作在寒冷的深夜中進行，在暴風雨中進行，有時在夏季的涼夜裡，或有圓圓的月光照耀下進行，然後告別那家劇院，劇團的經理和劇院的老闆結清了帳款，最後是每個人的私人行李抛上卡車自己要坐的位置去，可以看到離開而沒有送行的人，十天裡在劇院內一同歡笑憂患的觀眾已經把他們遺忘，觀眾在睡夢中根本不知道劇團正在離開，因為第二天在戲院上演的是另一個劇團，清晨在菜市場或街道有新來劇團的廣告人員出來宣佈精彩的戲碼，在主要的街道旁有新劇團的旗幟，牆壁上貼有新的佈告，所以觀眾沒有感覺，一切有別人來迎合他們的胃口，他們望不進一切事物的充滿傳奇的內部。這劇團演完最後一幕戲的夜裡，睡眠是在卡車的風馳電掣中度過，沒有人會在那個時刻交談，每個人都萎縮在自己安插的角落睡去，沒有小孩哭號，他們摟著母親的腰懷或母親摟抱他們在胸前，任何人，無論男女或大小都低首和沉默在他們共同的命運裡。那一夜的睡眠彷彿只有半分鐘，雖然長馳百里亦感覺短短的半刻時辰，卡車停在戲院門前，每一個人都得跳下卡車，他們站立著注視戲院，這戲院同那剛離開的戲院何其相似，彷彿他們沒有離開，而只是自己在矇騙自己扮演搬運的勞動，把剛才拆下的佈景重新再佈置起來，這一切繁重而式樣不變的工作自深夜開始直到太陽上升才結束，而每個人在戲中扮演的角色所象徵的油彩臉孔依然留在臉上沒有擦去，有些人甚至讓油彩留住十天或一月或一年。當太陽上升這一日開始，在這第一天的早晨有更繁重的工作要做，樂隊前導，全班人馬遊街宣佈劇團的來到，小丑拿著喇叭向羣眾宣佈驚人的消息，說笑和自誇，當全班人馬遊行完畢回到戲院吃午飯便需準備第一個午場戲，一切重新開始，十天一循環，像星星像季節像自然宇宙。

沙河淺流潺潺細唱。

他站立起來，解開褲子的鈕釦，向河水灑下一泡尿。潺潺水流自坪頂山經土城梅樹腳而來，與來自北勢窩經番社的另一條細流會合，他注視著珠粒的尿水落在水裡，迅速無蹤地成為水流的部份流向海口而去，這水流在微薄的月光下富有蜿蜒的妙姿，那水潔白如少女隱祕的肌膚，形貌如蛇之身滑浮動在石間，聲音如情話之細訴，水流自灰茫茫的霧中流來隱沒在灰茫茫的霧中，只在他的眼前展現它的潔淨的容姿，但他覺得口腔有一股腥味，自胃部和腐敗的肺部湧上來，他坐下來吞了一口酒，壓服那可憎的氣味。

他的童年友好中的昌德，秋雄和他都因家庭的反對沒有繼續到城市去求學，良珍和德育到城市進高等學府，良珍學化工，現在在一家牙膏公司當技師，德育進了淡水英專，現在在中學當教師，照母親的觀念，良珍和德育都有正當而體面的職業，算是出人頭地了。有一次，李文龍和昌德從彰化搭火車回沙河鎮，他們跟隨的葉德星歌劇團在彰化演出，那是一個炎夏的早晨，當他們跳下火車時，李文龍看見月台上一位婦人背著一位穿藍衣的小女孩走在前面，他望到那片藍色突然覺得一陣昏暈和心跳，以為是看到了幼妹敏子，他站住像一個不著魂的呆子疑惑地望著，走在前面的昌德回頭奇怪地叫他：

「怎麼樣，一郎?!」一郎是他的父親日據時代為他取的名字，光復後，名字改為文龍。

然後他恢復了清醒，想到幼妹敏子不會永遠長不大。

「沒什麼。」他跟上昌德回答說。

然後他們瞥望到鐵路倉庫那邊站著一個臉面蓋滿黑炭粉末的瘦弱男人，他對昌德說：

「那不是秋雄嗎？」

「正是他，他在看什麼？」

「根本沒有什麼可看。」

「他或許在找人。」

「沒有，他只是癡望著火車。」

「也許是，我們去看他。」

他和昌德直接由月台跳下來，朝著倉庫跑去，一面叫著呆望著開走的火車的瘦弱青年。

「喂，秋雄。」

那人像從夢中醒來，聽到叫聲向四處望望，然後看到文龍和昌德，臉上顯得有些驚訝，不好意思地露出笑容來，他回叫一聲：「喂，昌德，一郎，你們回來了。」他那蒼黃有肝病模樣的臉孔逐漸笑得很可愛，而滿頭滿臉的黑炭粉末使他像是一隻可憐的鑽洞老鼠，他們靠近在一起，互相注視著對方，雙手握在一起，閃著銳利而喜悅的眼光。

「現在如何？」

「就是這樣。」

「你們在那裡？」

「彰化。」

「在劇團好嗎？」

「不錯。」

「假如我能吹奏什麼，我也跟你們去。」

他們一同走進一間大倉庫，裡面堆積著一簍一簍的黑木炭，留下的空地上有一張單人木床，床下放著一隻臉盆。秋雄說：「這是我的世界，木炭是我的兄弟。」

三

喝酒在開始時完全是為了鼓舞作用，支持心裡的熱情，現在飲酒則為了麻醉情感，造成心態的混亂，享受沉淪的快感。他知道昔時的願望都是幻想，一股不能支持到底的熱血，無論是心理或生理都成為那願望的叛逆者。他的肺部現在奏樂器傳佩脫連八度C都吹不出來，雙唇常常滑脫，氣流溢出了口外，但是在當初時，他高舉樂器傳佩脫朝著天空吹出羊叫般的顫音讓人對他喝采。除了吹奏，其他的娛樂是到彈子房去或到有女孩子的茶室去。李文龍想起在新營一帶的茶室他曾經問過那些女孩子：

「妳們是什麼地方的人？」

她們羞羞地說：「北部。」

「北部包括的地方很多，北部那裡？」

她們的眼光機敏地注視對方，探索對方是否懷著壞意，小心提防著，仍帶著羞澀的笑容說：「北部。」

「我知道，我知道，妳們害怕什麼？」

她們改變了表情，裝作有點生氣，聲音變得有些粗野地回答說：「我們當然不怕什麼，這裡沒有我們的爸爸媽媽。」

「那麼妳們為何吞吞吐吐不說？」

「這是我們的祕密。」

「怕我去告訴妳們的爸爸媽媽是罷？」

「你說了什麼也沒有用，我們的爸爸媽媽不在了。」然後發現對方並不是壞傢伙，也有點喜歡對方的那種斯文溫柔樣子，才說：「告訴你，你不要生我們的氣，我們的家在板橋。」

他同時聯想到劇團在新竹關東橋時，他也問過關東橋茶室的女孩子，她們說來自嘉義，有的來自屏東。為什麼李文龍要稱呼她們為女孩子，那是因為她們的年齡都十分年幼，大都只有十六、七歲的年紀，也有十五、十四歲的，根本不是長成的女人；可是她們並不願意說得那麼年幼，認為她們不懂事，也不願說得太年老，尤其那些少數年紀可能三、四十的女人，怕客人不歡喜太老識故的女人。他和昌德，明煌到那裡起先是去喝茶接近異性而已，有時她們也接受客人要求做那件事，但文龍總是堅持自己定下的原則，有時他和其中的一個女孩子很相親，他也控制自己。他喜歡一個人到那個地方去，和她們在一起談話，問起她們的身世。為什麼她們有那種矛盾心理和矛盾行為，北部的人遠離家鄉到南部，南部的人遠離家鄉到北部，離得更遠更好，越陌生的地方越自在，為什麼？

「自卑。」李文龍面對沙河河水回答自己說。

他喜歡晚上睡了一場好覺後第二天清早到茶室去，那時刻他神采奕奕，充滿了愛心和她們在一起。他的慷慨和早到卻經常使她們誤解。他喜歡她們，因為她們是那麼年幼，說話那麼幼稚，可是她們的心地如此純潔，在她們未隨年歲污染以前，她們是那麼可愛，猶如自己的親姐妹。

他在沙河鎮的圓滿酒家湊巧重逢了彩雲時，那是李文龍第一次不顧沙河鎮人的觀感勇氣地走進圓滿酒家奏完〈何日君再來〉後，彩雲從一位客人的身邊站起來，但他沒有瞥見到她轉身走開，她從背後追了過來喚著說：「你不是一郎嗎？」他認出了她，喜出望外地叫著：「彩雲，彩雲。」他和她心中都想畢竟都是同一等級的人，他們親密地同居在一起，這件事並不需要太費周章，他和她似乎是因為樂師和酒女的名份，早就有心理上不言的默契。

有一天，社會的觀念不會再輕卑酒女、演員、樂師，或……，那時這些人可以在自己家鄉，也可以在外地，不會像現在幹起這等職業像一個逃犯，避得越遠越好，希望自己的存在為人遺忘。到那時，談起酒女、演員、樂師或……人人都會有敬仰的心理，因為這些人不是都必須具備著特殊的天賦才能嗎？他想：當我死後——肺病會隨時結束這條性命——在不久的將來，所有的藝人都會有較高的地位，受廣大的羣眾的崇拜和懷念，注意他們的起居生活，愛好和戀愛，甚至為他們寫傳記，所以他想到他的弟弟二郎，假如他幸運的話，他會來得及迎上一個好公平的時代。

四

昨日雖是個大晴天，但到了晌午時分李文龍依然還躺在床上；他早就醒來，清醒地躺著，讓思維自由地奔馳，這是一種享受。他一天中能暢順地過著，完全需要依賴這種時刻養殖著信心；或者他一天中會感覺悲慘地活著，也完全受此刻思想的支配。他此時自如生活的感覺，是他並不計劃改變目前生活的樣態，像昔日有一時極為盼望能進鎮公所當一名雇員，能夠和別人同一步驟生活在沙河鎮成為一個所謂體面的人，以為那樣就會有一種穩當安然心平的感覺。這完全是一種淺想，一種不瞭解自己的看齊意志，現在他為那時的懦弱投降的意願感到羞愧。那時他害怕肺病會結束他的那條生命，他想著：我非常的相信，我相信要是我被鎮長採用當了一名雇員，我現在可已不在人世了。他的生存不是僅只維靠正常的三餐米糧，他依靠的是他的時而悲觀時而樂觀的嘲諷意志；他的那條殘軀不是維靠有限的藥品使他的肺部不致再惡化，他依靠的是他的思想，他自那裡來？他為何生存？他將到那裡去？他完全是為了想知道自己的生存而生存下來的。他常把自己逼近於一座似乎無法通過的絕壁，然後站在一旁看到自己如何奮力越過了它。這是非常嘲諷和試探與叛逆的行為，譬如自從他的左手臂喪失了筋力，竟然變得凡事都用到左手臂。這不是相當不合道理的事實嗎？他從小並不是左撇子，是一個正常用右手的人，可是現在他與別人握手，挾樂器克拉里內德，扣鈕釦，甚至擦屁股，連當有突然來臨的緊急事故時，他的左手臂會像一隻機械的槓桿舉起來，為什麼？他過去用慣的右手突然被一隻殘廢的左手所替代，這不是十分荒謬嗎？李文龍，他的少數友好叫他一郎，現在應付日常的事物已完全憑靠他內在的怪異意識。又如他對性的無慾，當彩雲走後，他又恢復了自瀆，而面對玉秀就像面對一堵厚牆，他知道他是一個活生生的肉體，但他的意識卻不願向不諧合的事物去靠近。他這樣思維騰雲地躺著，在昨日的大晴天，或任何時候的陰雨天亦然，常常有著一種預感告訴他，他自認著：我就快要知道了，只要它來臨，我便完全清楚了。他好似就是為了這個而苟延殘喘，為這個把兩葉已經完全腐敗的肺部視若無睹；他隨時可以倒下，也就因為這個使他又站起來，這種滑稽的頑強，就是一種別人不可理喻的嗜好。

然後，他突然被街市傳來的喧叫聲打斷了思緒，那種喜悅的婦人傳呼聲音像是特別為某種專屬於臨靠海濱的沙河鎮宣佈訊息，聲音互相傳遞著夾帶著開玩笑的笑音，許多許多腳步響過屋門的前面道路，李文龍馬上想到這是沙魚羣經過沙河鎮海岸被捕獲發賣在鎮街的景象。他依然躺在床上，想著玉秀大概在廚房洗衣服，他呼叫著她，沒有回應，他繼續叫喚著她，從廚房回應著她那凡事都先是不太情願的聲音：

「做什麼？」

「快到街上去看看。」

「看什麼？」

「看是不是在賣沙魚。」

「我沒有空。」

「妳在做什麼？」

「做什麼你不知道嗎？」

「先放下來。」

「正在洗衣服怎麼放下來？」

「快去看看是不是在賣沙魚。」

她那故意拖得很響亮的穿木屐的腳步聲，由廚房出來打著客廳的地面走出門外，李文龍微細地靜聽到她在門口的地方詢問路過的鄰人，她轉回來了，依然發著不高興的回答聲：

「是賣沙魚仔。」

「去買一條回來。」

「我沒空，衣服還未洗完。」

「等妳洗完衣服，早被人搶光了。」

「搶光就算了。」

「這是什麼話。」

「不吃沙魚不行嗎？」

「這不是常常有的機會。」

「沙魚並不是什麼好東西。」

「妳不要嘴硬。」

「沙魚肉並不好吃，有味。」

「什麼東西沒有味，我喜歡。」

「你喜歡何不自己去買。」

玉秀寧可站著鬪嘴也不願為他做事，李文龍對她這種性質感到無比的氣憤，不得不發大聲斥叫著她：

「快去，還是讓我起來揍妳。」

她那不情願的腳步更重更響地打著客廳的地面，在走出門外之前還是照樣回應幾句：

「你一天賺多少，要飲酒要賭博，要吃那要吃這……」約莫十來分鐘她回來了，什麼東西摔在廳上地面，依然不曾更改的怨氣十足的聲音這樣說：「少爺，給你買回來了，要吃你自己起來剝沙魚皮。」然後回到廚房去洗衣服。

李文龍想著：我應該起來了，她能買回沙魚我應該滿足了。所以他起床到客廳來看一看那條被摔在泥地面的可憐的沙魚仔，他注視沙魚仔仰露灰白肚皮的無可奈何的姿態；便想到玉秀那平時不情願為他做事的嘴臉。她就是那種沒有為人著想的自私的女人，也許她本不是這樣，她的那般作為只是專為對付文龍一個人，譬如她不會連想到沙魚需要鹹菜一起煮才好吃而順便在買沙魚時轉去買一些鹹菜。李文龍想到這一層只有嘆息。他親自走到菜市場，街上充滿了來來往往的婦女，幾乎每個人都由尾端提著一條小沙魚，另一手拿著一束鹹菜。他買回鹹菜玉秀已在庭院的空地披衣服，文龍看都不看她一眼，默默地走進廳堂提起那條還躺在地面上的沙魚仔到廚房，而玉秀卻在他背後瞟他一眼。

當他深夜由酒家奏唱完回來時，他本可以叫醒她起來開門，但是他想到了什麼，感觸到什麼，想到彩雲，想到弟弟二郎，更想到自己，並非顧慮到大聲叩門吵醒左右鄰居。

沙河淺流潺潺，似在對我細唱。

他想。

五

幼妹敏子被一對做焊接工的夫婦帶走的那天，母親特別為幼妹敏子買了一件藍色漂亮的衣裳穿在她身上。那天他甚為奇怪為什麼沒有見到父親的影子。那年正是台灣光復的第一年，弟弟二郎剛滿七歲進沙河鎮小學校讀書。當父親為第一任鎮長湯子城以裁員理由革職公所的職務後，家庭陷入了空前的慘淡和貧困。父親整日沉默不語，他的胃病逐漸轉劇，大部份輾轉在床上，他現在想起來十分為父親抱屈。那位神氣十足排除異己的鎮長不知什麼原因在鎮長任內死亡了，他的死對李文龍的家庭來說並不覺得喜悅。日本人結束了五十年的統治走了，在戰爭期間刮走了所有台灣的物質，光復後的台灣陷入空前的經濟恐慌。那時家裡一天只能吃兩餐，大都是番薯，米糧很少，肉類和蔬菜常常斷缺，只好炒鹽巴下飯，或煮番薯湯度日。就在這樣的貧困的情況下，幼妹敏子賣給那對做焊接工的無子女的夫婦。他們是經人介紹從新竹縣城來沙河鎮，幼妹敏子才滿周歲，母親在市場的衣服攤子選擇購買了一件藍色洋裝。他想父親是有意躲避那種告別和足令他慚疚的場面。母親對幼妹敏子說：

「來，敏子，穿上新衣服。」

小時候，男孩子穿新衣服常被譏笑要當新郎，女孩子穿新衣服也被譏笑要作新娘，但幼妹才滿周歲不懂事，穿上新衣服很高興，大家都對她讚美說漂亮。但李文龍站在一旁知道是怎麼一回事，心裡很悲傷。母親又對幼妹敏子說：

「穿好新衣服，讓阿姨背妳去買糖果。」

母親把幼妹敏子抱起來，親了一下，眼睛含著要掉下來的淚水，抱起幼妹敏子放在那位婦人的背部。李文龍現在還記得十分清楚那位婦人在張嘴說話時，左邊有兩顆黃閃閃的金牙齒，那種樣子使他想到故事書中吃小孩子的老虎姑婆。幼妹敏子一定相信母親說的就是那麼一回事，她沒有察覺母親掉在臉頰上的淚痕，沒有笑鬧乖乖地讓那位婦人背著她，由廚房的後門出去。母親早就提防好事的鄰居知道這件事會圍觀過來，所以特別指引焊接工夫婦由後門走。那位婦人彎著腰喜氣洋洋地背著幼妹敏子走得很急速，一面還和幼妹敏子交談引起小女孩會高興的事，遠遠還能聽到「妳喜歡帽子戴在頭上……項鍊掛在頸脖上……好漂亮……」的話語，後面緊跟隨著那位矮矮走路斜斜的丈夫。幼妹敏子撲在那位婦人多肉的背上，雙手從那位婦人的肩膀垂下來，而那位婦人的雙臂伸到後面，手掌托著幼妹敏子的臀部。那件嶄新的藍色衣裳在光亮的午陽下，像一塊皮膚被人重打的凝血，透過眼睛印在站在廚房門檻觀望的母親心裡，印在李文龍憤懣的心裡。街道上因中午的烈陽照耀沒有行人，他們轉到後街消失了。李文龍看到母親奔回臥室傷心地搥胸哭泣，他感覺這像是一次搶劫。他祕密地追隨出去，先看到那位婦人轉到街頭後，在商店買糖果給幼妹敏子，然後又背著她快速地走到火車站，那位顯得更忙亂的丈夫到售票口去買車票，那位婦人已經由敞開的出口背著幼妹敏子走到月台。李文龍站在木柵外看他們搭火車，火車進站時，幼妹敏子似乎已經察覺不妙，在那位婦人的胸懷中掙扎，他們急急忙忙地上了火車，他斷斷續續地由車窗看到裡面幼妹敏子的哭號，然後他似乎看見那位婦人高舉手臂，狠重地在幼妹敏子的臉上打了一巴掌，那些車窗在李文龍的眼前漸漸快速地閃動，火車開走後他還立在木柵邊茫然若失。他在走路回家的路上，空際中不斷地對他呈現著暗黑的藍色形塊，陽光強烈地照著他，使他有點昏暈，可能是他的眼中含著淚水沒有掉下來，它們使他的視覺在光亮的陽光下發生了眼障。

六

他和彩雲躺在臥室裡的床上，彩雲問他是否在歌劇團遇到玉秀，然後結婚，然後……

「是，有趣嗎？」

彩雲搖搖頭說：「我不是這個意思。」

「她是演戲的女孩子嗎？」

「不是。」

「那麼她在歌劇團做什麼事？」

「一言難盡。」李文龍說。

他想當沙河鎮公所的雇員沒有當成，他們給他安排一個義勇消防警察的臨時差，彩雲先是在圓滿酒家上班，後來又轉到對面樂天地酒家。

「妳想知道我怎樣和玉秀第一次做愛的事嗎？」

「我只問你是不是在歌劇團認識你的妻子，並沒有問你怎樣和她做愛，做愛是世界上最古老最不新鮮的事了。」

「有時是最新鮮的，對我來說是如此，譬如和妳，雖然在這之前我做過，我第一次……」

「第一次什麼？」

「妳要知道我第一次做愛並不是和自己的妻子，而是和……」

「和另一個女人。」

「是的，是自己所意想不到的。」

「什麼女人？」

「一個妓女。」

「這沒有什麼特別。」

「當然這不是特別，但卻不是我意想要做的。」
「我相信，你知道嗎？有半數以上的男人第一次做愛是和妓女。」
「我不知道，但我知道婚後的男人去找妓女是十分平常的事。」
「你為什麼提早回來？一郎。」
「我但願不曾在歌劇團遇到她。」
「別再說了，你為什麼提早由消防隊回家？」
「有趣。」
李文龍說過後，隨著感嘆一聲。
「什麼事？」
「我的義勇消防警察的臨時差就到今天為止。」
「到底怎麼一回事，一郎？」她摟著他。
她倒比他先悲從心來，他卻反而覺得蠻不在乎，心中有著無窮的感慨，但並不為丟掉這個差事感到可惜。他的心中對於自己所遭遇到的事覺得有一股悲劇的頓厄感。他的意識裡正有著那種在意外中了結他對於臨時義勇消防警察差事的願望。
「所謂義勇，這兩個字是很可笑的。」
「為什麼？」
「這是對我來說。還有……」
「還有什麼？」

「臨時差這對我也很可笑。」

彩雲覺得他是個有趣的人。

「還有消防這件事。」

「還有警察這種名稱。」彩雲跟隨著他說。

「不錯。整個義勇消防警察臨時差的名稱對我是滑稽事。」彩雲覺得他是誠實的人。

那種意識往往那麼巧合地迎著現實界的事實的發生。

這時面對沙河河水使他想到弟弟二郎來，他想，二郎現在情況如何？前幾日他在報紙副刊看到二郎寫的一篇短篇作品，寫著兩個兄弟釣魚的故事，那篇作品似乎是說著他和二郎的往事。他記得肺病轉劇的那年，不得不回沙河鎮來療養，父親剛逝世不久，他無事可做只好在沙河釣魚，有一天他約二郎同往，在沙河上游的一處大水潭垂釣，那天上午運氣真不好，整個早晨的時光都沒有魚上鈎，到了中午時分依然靜寂地沒有看到魚的蹤影，他感到有些洩氣，在二郎的面前覺得很不光采。二郎說他昨夜做了一個夢，他問二郎那是什麼夢，他說他夢見一隻四腳魚，當那隻四腳魚伸出可怕的頭要咬他時，他就醒來了。他想不出這種夢有什麼意思，這只是小孩子們的夢，夢見什麼古怪的動物咬他們罷了。因此李文龍沒有想到這會與現實有什麼關係，或驗應什麼現實事物。於是二郎說完他的夢，李文龍把釣竿收拾好，和二郎分吃帶去當午飯的飯糰。他問二郎道：

「你學會游泳嗎？」

「沒有。」

「你為什麼到現在還不會游泳？」

「沒有人教我。」

「為什麼你不到沙河來？」

「我不敢來。」

「為什麼？」

「常聽說有小孩被淹死。」

「我現在教你。」文龍說。

「我也很久沒有游，」他又說：「而且左手臂……」

他脫掉上衣走進水裡，開始游給二郎看，但他的左手臂無力地划著水，像一隻用軟木做的槳，使他的身體游起來向左面傾斜，然後吃力地游回到水岸邊，站在二郎面前，他說：「我現在沒有辦法游得很完美，但我可以教你。」二郎早就脫掉了上衣，他走下水來站在水裡，顯得有點膽怯。文龍懷著信心說：「只要你有勇氣游去，就會游。」他又說：「當你現在不學會，將來更不可能學會。」他開始教二郎一些基本動作，要他在水裡務必保持鎮靜。二郎裝作勇敢地把身體撲到水面上，但卻沉了下去，文龍把他抱起來，讓他站住，於是他又一次游給二郎看，游了不遠他的左手臂因使力太重開始抽筋，他沉了下去，又浮起來，轉身仰躺在水裡，只露出了他的頭，他用腳踢著水，由右手划向岸邊來。他站住和二郎相視而笑。然後由二郎游，只在淺水的地方，他很高興二郎漸漸領會了他教他的方法。

他們赤裸地坐在水邊石頭上曬太陽，二郎不解地問他道：

「大哥，你那時也是一個人自己來沙河嗎？」

「完全是，有時和昌德和秋雄，你知道，像父親什麼都感到害怕，他是不能教我們學會什麼，除了讀書，但他又禁止我到城市去，那時正在戰爭，所以一切都必須自學。」

「你想我現在是不是要那樣，一切自學。」

「除了學校教你的東西外，一切要自學。」

「我知道。」

「記住，你有一天什麼事都會趕上我。」

「不會的，我永遠不會做得比你好。」

「你會，你看來比我幸運。」

「什麼是幸運，一郎？」

「幸運是時間對你有利，還有環境對你有利。」

「我們不是在一起，是兄弟嗎？為何是我？」

「你知道我有病，是絕症，不會完好起來，我曾經有一個希望，我曾對母親許諾，但她不瞭解那個許諾有什麼意義，現在我已經不能達成那個願望，我喪失了機會，我把希望交給你，你不但要榮耀自己，也要榮耀家族。」

「真正偉大的是你，一郎。」

「不，我永遠是個卑小的人，由一般人的看法說來，我是個廢物。」

「不是的，我要學你，你才是了不起的。」

「總之，你聽我說，你將來要朝你意願的那條路走。」

「我不懂這是指著什麼，我到底要怎樣做才達到那一點。」

「你會漸漸瞭解這是怎麼一回事，將來你會完全清楚。」

他想，他盯住著河水，像是要捉住那流去的水流，但那流水不斷在他的注視下閃閃而過。他想現在二郎或許已經明瞭他託付給他的使命，他的力量和智慧都會是來自殘廢的我，死去的父親，和這整個似乎有點欺騙人的時代。

他的雙目正在注視水裡映來的影像，他看到自己疲累地坐在水岸邊，看著二郎游泳，他的臉埋在水裡，時而抬起來吸氣，兩腳均勻地踢著水，水花打得很高，濺到他的臉上來。他微笑地注意著二郎，看到他的手臂還不能很靈巧自如，力量還不足，但看起來將來可以游得很好。當二郎停下來時，他正在一處深水的地方，他沉下去，看到他掙扎著浮起來，又沉下去，但很快地浮上來，又沉下去，很久沒有浮上來，他緊張地注視著那沉落的地方，然後看到二郎又浮上來，雙手打著水，像獲得了足夠的力氣，向前游去。那天，他們穿好衣服離開沙河，轉到一口池塘去，到黃昏的時候，突然一隻鱉魚被拉上來，他和二郎全都又驚又喜，這似乎驗應了二郎昨夜做的夢。

七

他們給他安排一個義勇消防警察臨時差，是要他為沙河鎮訓練一組樂隊，因為編制中的義勇消防警察平時都無事可做。那天早晨鄭小隊長來找他談購買新樂器的事，鄭小隊長親自駕駛一部消防吉普車帶他到鄰近的一個城市，走進一家頗具規模的樂器行，李文龍把他所開的樂器項目的紙張遞給樂器行經理，經理也將他們的樂器價目表遞給他，他傳給鄭小隊長看，小隊長大略地瀏覽了一遍，李文龍站在一旁心算著總共的價錢，他想為公家省點錢，於是問那位經理說：

「最低價錢多少？」

「公家機關購買不減價。」經理說。

李文龍有些不明白他的意思。

「為什麼？」

「公家出錢嘛，私人購買則可以打折扣。」

他還是想不通它的道理。

「這是什麼道理呢？」

「公家買東西開發票，多少錢都是公家出，就是這個道理。」

鄭小隊長與鎮靜地說：「這個我明白，你要給我們多少回扣？」

經理望著外表莊重的鄭小隊長，展著笑臉說：

「最多是一成。」

李文龍覺得有些疑惑，知道這件事已沒有他說話的餘地，於是走到櫥窗去看那些金光明亮的樂器的陳列，他面對著一隻十分別致的黃銅色澤的樂器傳佩脫，那隻傳佩脫勾起他想到昌德，明煌這兩位結拜的兄弟。那一次葉德星的歌劇團在沙河鎮公演時，他和昌德結識了明煌，明煌是劇團的樂師，蒙他的推薦，幕後協奏，碰巧葉德星正有意要擴充西樂隊迎合潮流，邀請文龍和昌德加入，他聽到這個消息真是喜極若狂。葉德星給他和昌德一個月的先頭薪，當他把錢塞在母親的手裡時，似乎稍能安慰母親和他的離別，母親正為家庭的貧困操心，但仍不能諒解他想嘗試的這一門為社會輕卑的職業。那時的歌劇團並不是團團都有樂師，有的只有一名傳佩脫樂師而已。明煌在文龍和昌德未加入前，就是單槍匹馬。本來以演時代劇而擁有傳統漢樂和現代西洋樂是可笑的場面，但是觀眾喜好那些穿古裝上場的花旦扭擺身體唱流行歌。這對劇團而言，戲劇情節就能延長時間以配合演出的日期。雖然演的都是明清時代的人物情節，卻唱著〈港都夜雨〉、〈雨夜花〉的新調民謠，這種變格是那時歌劇團所演出的形式。

「好，就是一成。」

他聽到鄭小隊長最後決定地說，他和那位經理似乎經過一番討價還價的爭論，但那番爭論並不是樂器價格是否可減低，而是所謂回扣是否可調整。

「我會再來和你聯絡。」

鄭小隊長拍著那位經理的肩膀說，然後招呼文龍走出樂器行。當他和鄭小隊長又乘坐吉普車回沙河鎮的途中，他們發生了一點爭執：購買樂器是由樂隊組教師李文龍負責，所以鄭小隊長認為將來購買時乃由李文龍出名承購，他要李文龍和他平分這批購買的回扣金，而李文龍表明他一毛錢都不要，他本來是想為公家省些錢，將來可以再添置不足的樂器，沒想到現實是如此，他要鄭小隊長自己去負責。

同一天下午，他剛到隊部簽到時，就有人傳話給他要他到局長室報到。他走進局裡的局長私人辦公室，局長很客氣地要他坐在旁邊，他覺得有一種預感，局長平常對待部下一向非常嚴肅，他心裡想到有關購買樂器的事，而局長卻隻字不問購買的情形，把問題指向李文龍身上來。

「我很早就想問你這件事，」

這件事是什麼事，李文龍心裡疑惑著。

「你的家原來就在沙河鎮，出生在這裡是罷？」

「是的。」

「我聽說你的妻子不在這裡。」

「是的，她在台中。」

「離婚了嗎？」

「沒有。」

「為什麼分開住？」

「一點感情的問題。」

「一點感情的問題？」

「是的。」他點點頭，覺得十分納悶。

「什麼感情的問題？」

「這個……」他無法說出來。

「你們分開，這樣做好嗎？」

「不是我要這樣做。」

「這是你私人的問題，我們不要談它。」

局長停頓了一下，他繼續說：

「最近有人向我投書。」

他望著局長那張皙白寬闊的臉，想瞭解他是怎樣的一個人。他沒有說話，只等著局長說下去。

「說我們的一位義勇消防警察行為不好。」

他終於有些感覺，也感覺到自己的心臟跳動加快。

「指名是誰？」

「你先別發問，」局長阻止他。

局長遞給他一根香煙。

「抽根煙，文龍。」

「謝謝。」

局長打亮打火機，先自己點燃再點燃對方。

「謝謝。」李文龍說。

「我們坦白說，」局長說。

「是的。」他說。

「你是不是和一位酒家女有關係？」

「是的。」

「同居在一起嗎？」

「是的。」

「你晚上也在酒家奏唱賺外快嗎？」

「有時，你知道……」

「我知道，你要說什麼我明白。」

「現在這兩件事，你都承認了。」

局長深吸一口煙，然後慢慢吐出來，他看李文龍困窘的表情一眼，他說：「我有點不相信，你看來很正直，我當初問局裡的人，沒有人肯說，局裡的人好像都與你搞的不錯。後來我親眼看到你和她在一起，她的名字叫彩雲，是不是？」

「是的。」

「你知道我們這個機關不同於別的機關，雖然你不是正式警察，只是地方編制上的消防臨時人員，薪水雖然不多，總是拿公家錢，吃公家飯，你明白罷？我們這個機關的成員都必須清白，守法，行為必須循規蹈矩，否則……你很聰明，你明白我的意思嗎？」

「我明白。」

「我覺得你心地很善良，為什麼要和酒家女搞在一起？」

「這個……」他想辯解。

「我瞭解，」局長又阻止他。「這是私人問題。」

「但是你瞭解我剛才說的話嗎？」

「你的意思是要我走路。」

「我個人不希望這樣。」

局長把他手指的香煙擰熄在煙灰缸裡。

「我個人十分瞭解你的情形，我早就知道是你，我甚至很喜歡你，你是個人才，本來打算明年優先給你的臨時差補為正差。」他又繼續接下去說：

「但是有人告到我這裡來，我便非辦不可。」

「我明白。」李文龍說，他把香煙頭放在煙灰缸裡。

「公事沒有人情，你懂得這個道理罷？」

「我當然懂得。」

「但是我想問局長一句話，」他抬起頭來說。

「你說罷，」局長審慎地看著他。

「為什麼你不早告訴我？」

「這個……」他想了一下。「你知道我很賞識你，我本來不想辦這件事，但投書又來，我不得不在這個時候告訴你，你明白罷？」

「我明白。」

「你要怎麼辦？」

「我走就是。」

「記過還是自動辭職？」

「我是臨時差，記過或辭職都太做作，我走就是。」

「你聽我說，年輕人，將來你要在公家機關做事就有關係。」

「我永遠也不會再到公家機關來做事。」

他從局裡出來，低著頭幾乎要撞到一位背著小女孩的婦人，他抬頭看到婦人背上的小女孩的藍色衣服，突然心悸感到一陣無可名狀的昏暈，使他以為看到幼妹敏子，幾乎要對她喚叫起來。但他馬上又想到幼妹敏子被背走的那天距今已有五六年了，幼妹敏子不會永遠是滿周歲的小女孩。他一面走一面想：他們實在太機巧了，做得天衣無縫。

沙河淺流潺潺細訴。

他回到了屋子，心裡極盼望的是看到所愛的人彩雲，當他瞥望到彩雲午睡還沒起來，又一時覺得不知身應往何處；他走進臥室，又從臥室走出來；走到廚房，又從廚房走出來；走到客廳坐下來，但馬上站起來。他又走進臥室，彩雲以奇怪的眼光看著他，他倒在床上靠在她的身邊，她迅速地轉過來看他。他閉著眼睛想冷靜片刻，他想到弟弟二郎，他心頭馬上獲得一絲希望。

「彩雲。」

「什麼事？」

「讓我告訴妳。」

「告訴我什麼？」

「我想對妳說。」

「對我說什麼？」

「我有一位弟弟二郎。」

「怎樣？」

「我要跟妳談談我的弟弟二郎。」

「你的弟弟二郎到底怎麼樣？」

八

他沿著河水岸邊的草坡散步，手繞到背後揉撫久坐在石頭上痲痺和疼痛的臀部，他有一百六十八公分高，只有五十五公斤重，他的臀部並沒有像一般進入中年的男人長很多肉。自他罹患肺病以來，漸漸形成了兩種習慣，其一是嗜酒，其二是自瀆。習患手淫是自光復那年開始，昌德教他的，以後只要他的生活中沒有女人和他在一起，他便以此自慰。事實上他以為與其和非心愛的女人做愛，寧可自我玩弄來滿足，這完全是他的個性使然，因為自瀆同樣可以消除情緒的緊張獲得好睡眠。

他往沙河下游走，從陸橋到鐵橋約有兩百公尺遠，他站在鐵道橋下，那橋也約有一百餘公尺長，他挺直腰身站在土墩上遙望海口，在月光的薄明中可以望見海水溢滿那條從鐵橋到海口的溝道，看起來似乎在漲潮，但他不確知是否漲潮，他沒有推算舊曆今天是何日，但那景象似乎是潮已漲滿，很可能不久就要退潮。沙河十分寂靜，只聽到水流滑過石頭的潺潺聲音。他藉著微光看看手表，已經是凌晨三點鐘。

他想到父親的失業，和他未逝世前那憂傷沉默的臉孔。父親的臉無論在何時看起來，總覺得他帶著一種頗為隱祕的精神，有時嚴肅得令人不敢接近。他記不得是否有與父親歡笑的時刻，或者是父子懇切的交談，只記得父親對他只有命令，他只有設法躲避父親，任何事只有和母親商量，他害怕面對父親。現在他盼望能面對父親，再見他一次臉，詢問他我們是否有過笑談。也許當他年幼無知時，父親曾抱過他，他是長子，一定的，父親必然最疼愛第一個兒子，那麼父親必定曾抱起他和他逗笑。可是這一些為什麼沒有在他的記憶裡，而令他深深地感到痛苦。他想到這一層突然哭泣了起來，於是他向前面白茫茫的空際呼喚著：

「父親，顯現罷

讓我和您做一次交談

讓我聽您，使我瞭解。」

只聽到沙河流水潺潺，他激動地轉動身體，向四處觀望尋找，回應的依然只有沙河水流之音。

他永生不能忘懷追隨葉德星歌劇團後第一次回家時所遭到的浩劫。歌劇團在離沙河鎮不遠的清水鎮公演時，他回家的心最切。這是他追隨歌劇團離開沙河鎮一年以後的事，歌劇團在台灣南北各地公演後，又轉到距離沙河鎮不遠的地方來。李文龍早有準備，一年來十分規矩的生活使他儲蓄了不少的錢，他像第一次出來社會謀生的人一樣，事事謹慎和學習，月薪不敢胡亂花用，他自己定有原則，時時想到在沙河鎮過著貧困日子的父母和弟妹們。現在他想到那晚和母親的淚別，一切歷歷在眼前；那天晚上時刻已過了午夜，卡車停在戲院門口已經裝好了東西準備開走，昌德和他始終結伴不敢分開，明煌在前一刻和他們到戲院附近的小食攤吃了一碗麵，喝了數杯酒，然後幫助明煌的太太把私人的行李放在卡車裡，他和昌德和明煌一家人擁擠在一起，那晚正有月光，他抬頭望著象徵沙河鎮的虎頭山，卡車發動了，駛離沙河鎮，虎頭山在灰茫中漸漸縮小消失。整個夜晚在風馳中度過，他和昌德起先都沒有闔眼，默默地靠著木箱沉思，而肥胖的昌德不久睡著了，他的頭慢慢地垂低下來，傾斜地靠在他的肩膀上。他也發現明煌和他的妻子和另外的幾個人都閉著眼睛睡覺，但他卻沒有睡意，他想到他的父親，他沒有和他告別，他胡思亂想著，情緒十分不定，他想站起來走走，但昌德的身體緊緊貼著他，頭枕在他的肩上，事實上卡車裡也沒有空地方可以站起來走步，到處都是木箱和佈景的竹桿。他揣測父親對他的感想，他不確知父親的感情如何，他就這樣地以不可知的態度想父親想了一年，他想他必須回家，看看父親對他如何。

那天清晨火車隆隆地通過沙河鐵橋時，他的心情與他離開沙河鎮時連接起來了，火車隆隆聲音經過鐵橋就像是他的心跳，他坐在車廂靠窗的位置，眺望那象徵沙河鎮的虎頭山，越來越接近，陽光在壁上投下的數條暗影，就像一個人面部從鼻子旁邊垂劃下來的命廓的線條。他的身上有一疊很厚的鈔票，但心跳得很厲害，他覺得有些寒意，但那時是夏天，原來是他從心裡發出來的抖顫。下火車後，他幾乎是低著頭走過街道，轉進一條小巷繞到媽祖廟的後面，由信義路尾那一帶的菜園朝家行走。他完全害怕會遇到熟識的人，事實上不可避免的，他遇到一些認識他的人，他沒有和他們打招呼，當他從他們身邊經過後，他們都轉過頭來看他。他低著頭和沉默似乎是他懷著那頂上壓著社會輕卑他的職業的那份觀念，他的自卑感如此之大，在異地很坦然，回到家鄉便完全顯露出這份自卑心，他年紀很輕，還能時時記住學生時代自己學業成績的優良，應該有更為光明的前途，卻落得追隨歌劇團度生活。他的心中十分矛盾，吹奏技藝是他所樂意追求的，他感到自豪，但浮表的社會觀點卻把工作分門別類，加以評價。而他的內心是與這種輕卑個人生命和自由意志的社會相抗衡的。

李文龍懷著至為混亂複雜甚至懼怖的心情踏進了家門。他進門首先遇到是弟弟二郎。

「一郎回家來！」

二郎看到他馬上向屋裡大聲喚叫。

當時他有點氣二郎，他的叫聲使大家都驚跳起來。二郎是個瘦弱的男孩，卻有一個大頭顱，大眼睛和大嘴巴，過去在家裡時，常常覺得他的大頭顱裡藏著什麼東西，就用手指背對他敲。他是個怪異的小孩，家裡常常沒有足夠的食物，但他還是偏食，所以身體很瘦弱，但是家裡的人都喜歡他，什麼事都要遷就他。

「一郎回來了。」

二郎的連續第二次叫聲代表他的喜悅和雀躍。當時他正要背書包上學，他比一年前文龍離家時長高很多，但依然是那種營養不良的蒼白樣。

他在二郎的連續二次叫聲後走進廳堂，看見兩位妹妹在角落裡編織草蓆，她們看到他有無比的歡欣，抬著頭望著文龍，同聲地叫著：

「大哥，」

她們眼望著他，但雙手還是繼續地編織。

母親急忙由廚房走到客廳，雙手的肥皂泡沫都沒有洗掉，她似乎被剛才二郎大嘴巴的叫聲嚇壞了，激動得什麼話都說不出來。

「媽媽，」他叫著。

「一郎。」她的眼睛含著淚水。

母親對他上下地審視著，然後掀起衣襟擦拭掉下來的眼淚。

他意識到父親還在睡覺，雖然他並不確知父親是否在睡覺；他想父親身體不好，一定睡得較遲。

第一件事就是獻出賺來的錢給母親，母親緊緊地握住他的手，帶著羞慚和感激的表情看著他。

一張五元鈔票給二郎，他接到錢歡快地背好書包邁出門外。

「吃過早飯嗎？」母親問。

「吃過了。」

「現在劇團在那裡？」

「清水。」

「沒有長胖，臉色也不好。」母親說。

她提起菜籃匆忙地往外走。

他回到家卻覺得像是個過客，有些懷疑這原來就是他生活過十八年的地方，僅僅一年的時光就把他所記憶的真實往事統統都喪失了，回來時的興奮和不安馬上變為悵亂與疼痛，彷彿什麼事物都會在不覺中逝去。

「沒有帶禮物給我們嗎？」

這是兩位妹妹的聲音。

「唷，是的，有，這裡，」

他給她們每個人十塊錢，這是很大的數目，在那時金錢的贈給比什麼都來得恰當，她們要編織許多天才能賺到十塊錢，對她們來說，這等於減輕了無數天的辛勞，因此很得她們的喜悅。

但是兩位妹妹伸出來的手突然縮回去了，喜悅的臉孔沉落下來，迅速地又開始編織的工作；她們似乎在他的背後看到了什麼，他轉身訝異地發現父親站在臥室通廳堂的門口，身著整齊的衣服，像要赴什麼正式的約會，帶著憂鬱而嚴肅得可怕的蒼白臉孔，露著憤怒而銳利的目光，右手裡握著一隻深褐色的木劍。

「歐多尚（父親之意）！」他恭敬地叫父親。

「不必。」父親嚴厲地回答，使他頓感害怕。

他正要奪門逃出去，曾經接受過日本劍擊訓練的父親，說時遲，那時快，已舉起手中的木劍，跨出一大步，致命地朝他頭上劈來；在那瞬間，文龍本能地舉起朝著木劍方向的左手臂抵擋它，他痛呼一聲，身體倒下來。在疼痛的半昏迷中聽到父親尖銳凶惡的命令：

「跪著！」

「歐多尚。」他已淚流滿面，發出哀求的聲音。

當他的雙手伸到身後去支撐身體，準備遵照父親的命令，在他面前跪好時，他又重新仰倒下來，他的左手臂已經被那一擊砍斷了肌腱和骨頭，喪失了力量。他淚流滿面呼叫著向父親求饒。二位妹妹嚇得奔進她們的臥室，在裡面互相抱著痛哭。

母親回來了，看到這種場面，口中唸著：

「做積德，做積德，」

她跑過來扶起文龍，再奪走父親手中的木劍，父親並未在那一擊之後再動手；他已經因暴怒和發洩而僵硬了，他走回自己的臥室去。

母親悲恨得把木劍拿進廚房，用菜刀將它砍成數段，文龍在這時候帶著殘傷奔出屋子，心中發誓父親在世的一天永不再回家。從此他的左手臂形成了半殘廢，在不知不覺中會有顫動或高舉的現象；在惡夢中，它成為抵擋一切攻擊的唯一工具，甚至連寂寞時的自瀆，也改用了這隻左手。

九

父親死後十年，他和弟弟二郎在一個大晴天的上午，從沙河鎮步行到南勢山父親的墳地，有一位矮小的老頭已經準備好工具等在那裡；他原坐在一棵樹的蔭影裡，看到他們穿過相思林小徑朝公墓的所在走來時，才站起來。他問道：

「你們是李家兄弟？」

「是的，你是——」

「沒錯，我來為你們父親撿骨。」

這位老頭子個子甚為矮小，模樣甚為奇特，全身的氣氛是灰黑而破爛，沒有半點明朗和喜氣；他戴著笠帽，壓著一張乾枯無光彩的冷漠臉孔。他是一個老人，但看不出到底有多少年齡；他似乎可以很老很老，但他的樣態永不會再有改變。他穿的衣服尤其不倫不類，似乎是拾來的舊衣而加以手工改造的；先前一定是很秀挺華貴的服裝，且必定是身材魁偉的英俊漢子所穿的，能讓人料想到是些外國人或有錢的上流社會的紳士，當他們穿舊或有破損把它丟棄或捐給慈善的團體，經過輾轉幾次手，最後淪落到這位矮老頭的手裡。他把衣服剪短，但還是原來的寬圍模樣，因此穿在他瘦小的身上，看起來便非常地滑稽，有點像馬戲班裡的小丑，可是馬戲班裡的小丑有化妝的笑臉，這位老頭子卻有一張真實的冷漠表情。他的臉並不滑稽而是陰沉、淡漠和嚴肅，配合一種日曬雨淋的風霜。他的嘴巴裡只剩下幾顆歪歪斜斜的長牙，說話時不很清晰。他說：

「香和銀紙帶來嗎？」

「都帶來了。」

二郎把手裡提著的包巾提高給他看。

「國風死了十幾年了，真快。」

他又說。

文龍有些驚訝這位老頭子認識父親，並且說出了父親的名字，而他卻對這位老頭毫無所知。

老頭子走在前面，領著文龍兄弟在墳丘之間的蜿蜒小徑行走，然後停在一座用石頭砌成，中央有一塊紅磚，刻著父親名字的老舊破陋的墓前。二郎見到父親那個簡陋幾近草率的墳墓，傷悲馬上形於外表；而文龍，只有思索、懷疑、冷靜，近乎不高興的回憶和旁觀。

老頭子叫他們兄弟燒香念告亡父今日要為他撿骨遷居。他注意到弟弟二郎非常恭敬地做著老頭子吩咐的事。老頭子在他們燒香拜完後，用鋤頭把墓碑的石頭撬開，石頭間的水泥經過震動裂開後，石頭便紛紛地滾落散下，墓碑後面的墳丘早已塌陷了一個大洞，老頭子的動作十分敏捷熟練，很快地再用鋤頭把墳丘的泥土挖出來。

李文龍站在旁邊，他是第一次來到這裡。記得他在歌劇團接到父親死亡的電報後趕回沙河鎮時，葬禮的事儀一切都料理妥當了，只等著長子的他回來，他走在出殯的前列，心情百感交集，他隨著棺木送到山頭後，便轉回沙河鎮搭火車離開。他不願繼續留在沙河鎮，避免聽到他人對他談些他無法忍受的話。所有那時的一些瑣事都已忘忽腦後，連父親後來做好的墳墓的面目也沒有看到，以後生活的流離，病痛和情感的波折都使他不能以冷靜的心情前來拜望亡父的孤墳，直到現在一切都呈現在他眼前。

他站在公墓地的山頭朝望沙河鎮海岸的風光，風從海上吹襲過來，越過海岸木麻黃的樹梢，吹到南勢山的山頭公墓地。

風有些強烈，山腳下的稻田一畝一畝地也有木麻黃整排地擋著風寒，他回頭瞥望弟弟二郎，他正蹲在墳邊，目不轉睛地望著老頭子的一舉一動，他溫和馴服的態度就像是那位老頭子的學徒，受他指使遞交東西。

「把水泥袋展開鋪在地上，」老頭子說。

二郎照他的話做，但風把紙張吹開。

「四角落用石頭壓著。」老頭子又說。

老頭已經理完了墳裡的沙土，從他帶來的布袋裡拿出一隻像短尺的鐵器，跳進墳洞裡，然後他彎身伸手到地底，把一個沾滿濕土的圓形頭骨端出來，他用手撥一撥泥土，用鐵器挖出孔洞的泥沙，他說：

「這是你們父親的頭。」

二郎聽到老頭這樣說，身軀和臉孔都有些顫動和異樣，老頭把頭骨放在水泥袋紙張的一端，繼續他的撿拾的工作，二郎的眼眶漸漸轉紅，淚水突然滂沱地灑在臉面上。他瞥望弟弟二郎一眼，依然站著，迎著強風，向放在紙端上的亡父的頭骨也看一眼，又轉開去眺望海岸那排木麻黃樹林，越過樹梢，可以看到後面與天空相連接的藍色海洋，在那一條藍帶般的海水上，時時升起白色的的浪捲，他似乎在諦聽由風傳來的捲浪的滾動聲音。

散滿在紙張上的一個人的全部骨骼曝曬在強烈的日光下，從那些大小不一的骨骼反射出耀目的閃光。文龍有點好笑，二郎的虔敬最後是演成比女人家更為狼狽的哭態！他的弟弟二郎是個與其他男孩子大不相同的人，他特別敏感和脆弱，此時他就沒有那種像他同年紀的男孩子的堅強的表現，而是毫無掩飾地顯出他的感動。這也是他與我之間的分別，李文龍想。他又想，父親對我：

依然是個真實的人物；
死猶如未死。
仍然在這空間存在著
對立的氣氛。
但對弟弟二郎而言，父親死時他還年幼無知，他長大後只能憑想像解釋父親：
憑著想像的視覺
注視那堆白骨。
父親不但是有血有肉的真實人物，而且有優點和缺點，這使他明瞭生死的自然現象。所以我相信，他想，有一天我會因肺病而死亡。他想弟弟二郎平時一定把父親想成崇高和偉大，像對天帝的神聖敬仰。

但是此刻對他形同一切尊崇

都倒塌和瓦解
真正的實在常在此刻
把思慕的煙霧掃退

這是一種邁入知識的冷靜。文龍望著那位在工作中沉默冷靜的老頭，他的雙手像把玩著一件又一件的藝術精品，要將它們擦拭乾淨，使它們發亮。

一個人要是去掉了皮肉，
看起來就會如此潔淨和美麗。

十

他站在沙河的土墩，離鐵橋有數步遠，這時一列貨車隆隆地駛過橋上；他抬頭望著它，一輛接著一輛的車廂都像是綳著臉孔不情願地被拉著快走。他想：生活也像如此一天接著一天不情願地閃現過去。人到底是面向過去背著未來往後退走，還是背向過去面向未來前行，他完全不確知；也許有些人如前者，有些人如後者，他也不確知。對他而言，歌劇團的日子已經逝去了，但他還是不能忘懷每十天更換一次地點的匆促和疲勞，那景象依然歷歷在目，歌劇團的成員和家眷坐在露天的卡車上，守著他們的行裝，蜷縮著在風露中奔馳，每一次都由南至北，或由北至南，遙遙數百里的長途，男女老幼都靠貼在一起，沉默無言地閉著眼睛睡覺。他們是唯一旅行而不看風景的人，他們在夜晚的遷徙中看不到清晰的事物，所以他們只有閉眼睡覺。火車過橋消失後，沙河復歸靜寂，他移動腳步走近水邊，復聽河水潺潺的流聲，沙河淺流不斷對他細訴。

他點燃一支香煙，沿水流往回走，再由鐵橋走向陸橋。他覺得有點疲倦，睡意開始襲上他。他深深地把煙吸進肺部裡，開口咳嗽起來，咳嗽頓時使他稍感清醒。

他又想到那女孩氣的弟弟二郎來，二郎現在一步一步隨時代往上爬，接受教育，接受新的思想，表現才華，假如他幸運的話，二郎與他是有分別的，因為二郎就要去迎接他的美好日子，在一個充滿自由的時代做一個人類。但他又想：自由是人類共同的理想，可是假如它沒有成就，顯得偽善、混亂和毫無秩序的話，專制又會在將來取代它。

他想：我雖年輕，但生命對我有如風燭殘年，肺病終會在某一天收拾我，醫藥對我已經失去了說服力。肺病在初期發作時，他回到沙河鎮，母親為他購買新鮮雞蛋和藥品，但是母親的愛情都枉費了，病只是暫時潛伏下來。我的生命脈搏繼續依照我的心志去跳動，他想，我不能再奏樂器傳佩脫，可是有樂器薩克斯風在吸引著我。

那時，他去看一部電影，看到一位黑人奏著樂器薩克斯風，載奏載舞；那主題在那黑人的扯動的軀體和樂器薩克斯風發出的聲音，那種景象啟示著他，使他的心靈也需要那種熱情的滿足，他想：薩克斯風就像悲切而風騷的女人，使人同情和愛戀。

他繼續往上游走，來到長有八十公尺，寬有二十公尺的跳水谷。這是魚販金水跳水死亡的地方，是叔父天來早年溺水的地方，是南勢嶺的瘋婦金妹跳水的地方，是許多小孩不慎溺死的地方，水面平靜無波，他坐在沙石上望著對岸險峻的崖壁，這是沙河床中且深且大的水潭。

自那次他在釣魚時教二郎怎樣游泳以後，他想二郎一定曾到跳水谷來勤奮練習，但他叫他要小心鎮靜。童年時他和昌德、秋雄、良珍、德育，以及許多沙河鎮的少年都在這個跳水谷嬉玩，有時他們奔向海洋，有時在跳水谷顯身手。崖壁下方有一座天然形成的土台，他們從岸邊游向崖壁，崖壁的陰影覆蓋著半面水域，游過陽光界限的地方，會覺得水溫冰冷，令人有突然寒涼的感覺。他們爬上土台，站在土台上把赤裸的身體躍上半空，然後鑽進水裡。

他再點燃一支香煙，猛吸了幾口打消睡意，此刻轉回鎮上更不適宜，他回憶起和昌德，明煌在葉德星歌劇團中早晨的一些工作。

約莫九點鐘到十點鐘之間，他們三人和另外一位準備報導劇情的男人，這個男人在戲中總是演著一位滑稽透頂，說話機智受人喜愛的小丑，組成一個小型宣傳隊，奏著〈雙鷹進行曲〉，向市街人羣眾多的街道行進。當他們三個人把樂器從嘴上放下來時，那丑角便用一隻紙板剪成的擴音喇叭靠在嘴上，用著令人興奮有趣的聲調報告《乾隆君下江南》的一段情節，另外他又滑稽地想要觀眾回憶昨夜他個人的精彩演出，卻又正經嚴肅地宣佈午後和晚間兩場戲的武功鬪法，怪獸出籠，苦旦的悲情，小生的戀史等。在他說詞流暢快速，佳言妙句，俏皮渾話的雜湊中，有時可以發現他原是在介紹著自己，在說明他是一個怎樣的人物，像任何藝術家或文學家一樣總是露著自己的形貌在作品中；他告訴人除了在劇中，他仍然是個穩重正派的現實人物。

他和昌德和明煌是個很好的三人樂隊，那種演奏時的諧調快樂是無法用言語表示出來的。但是後來只剩下他和昌德，最後只剩下文龍一個人獨撐演奏的工作。他們三人結成義兄弟後，共同在葉德星的歌劇團僅有一年五個月的相處。組成歌劇團的成員和家眷的龐大團體中，其複雜和紛爭不遜一個社會。說來是很不可理喻的事：在戲劇台上演著夫妻或朋友的兩個人，在後台是互不說話地敵對著。在戲台上「夫啊」「妻啊」「君啊」「臣啊」，在後台會為什麼細小的事而互為眼紅。相反亦然，在歌劇團經年的流浪中，無法認定台上台下何者為真正的現實世界。但是無論其為怎樣的世界，這個團體總有一個領導人，這個領導人往往不是擁有它的老闆，而是一位女性，她必然是這個劇團的台柱，串演小生，她的內在男性的本質使她有這個地位，而她往往不是那位老闆的妻子就是他的姨太。葉德星歌劇團就是這個樣子，葉德星本人經營兩個歌劇團，而那兩團的領導人，一個是正式的妻子，另一個是姨太。有趣的是，這兩團原是一團的，但因有兩個領導人物出現，其中的一位就帶走一部份願意跟隨她的人另組一團。明煌因為做苦旦的妻子與團中的其他女人有些結怨，日子久了已形成不可收拾地步，不得不想辦法，最後的決定便是攜眷離開，經葉德星的同意轉到他的另一隊歌劇團去。

他還能記住葉德星的模樣，在那時葉德星是個他所不容易瞭解的戲班班主，沉默寡言顯得有些神祕，年約在五十歲左右，四方塊型的碩大身材；他來劇團很少和團員說話，只有和他的姨太張碧霞在一起喁喁私語，看到他的時候總是那種不喜言笑的冷漠的面目。他本來組織的歌劇團人員很龐大，妻子在劇中是個老資格的優秀苦旦，葉德星自從和串演小生的碧霞有關係後，苦旦和小生雖在戲台上同台演戲，但私底下是相對的情敵。葉德星把原來的人馬於是分成兩團，分別由原配妻子和作為小妾的張碧霞管理，他擔任經理，在兩團中來往。

文龍和昌德和明煌都在張碧霞管理的團裡，她是個三十歲左右的能幹女性，這可能是她要求分團的因素。張碧霞在戲中擔任主角，保持了很好和優美的身體；她對團員的管理比任何一位男性更公正和嚴格，就像蜜蜂世界的女王蜂。

那時歌劇團在草屯公演，明煌決定要走了，他和昌德在草屯的一家酒樓為他餞別。文龍飲了不少酒，將近黃昏的時候，他們一同回到了劇團來；劇團內的人正在吃晚飯，碧霞告訴他們不要喝那麼多酒，希望文龍和昌德兩個人晚場戲不要耽誤奏樂的工作。文龍說他和昌德要到車站去送明煌夫婦；碧霞說不要跟到台中去，如果要到台中要等晚場戲演完再走。明煌藉著喝酒，這樣說：

「一郎、昌德，一起到台中去。」

「我和昌德只送你們到車站。」

「不行，你和昌德是我的結拜兄弟，到台中我們要玩樂一番。」

「改天我們去看你，再去玩樂。」

明煌連連搖頭表示不答應。碧霞堅持不能讓文龍和昌德一同去，使晚場戲連一個奏樂的人都沒有。

「我留下來。」昌德說。

「那麼一郎陪我到台中。」明煌說。

碧霞說一郎還是不去好，她似乎有點暗示，但他酒實在已經喝了很多，頭腦很混亂，不知道碧霞的真正意思如何。

「一郎留下，昌德陪你去。」

碧霞對明煌說。

「昌德，你留下，一郎陪我去。」明煌說。

「好，我留下來。」昌德說。

昌德這樣說好似他有個人的私事。最後終於達成了協議，讓昌德留在草屯，一郎陪明煌夫婦到台中。碧霞有些不高興，她本來可以發命令，要誰留下就是誰留下，但是那時她看到三個男人都喝了酒，平時他們的表現也不錯，何況是在特別情形之下，她不想堅持自己的意思。在三個樂師中，她最賞識一郎，把他視為她的弟弟，所以她要一郎留在草屯。但明煌卻十分堅持要一郎陪他們去，好像要故意和碧霞作對，他說要留就留昌德，而昌德又顯意主動留下來。文龍想著，當明煌和碧霞爭執時，他害怕明煌仗著喝酒把碧霞待他的妻子不怎麼公平的事說出來，而釀成一場更不愉快的爭吵。明煌的妻子本來是葉德星原配的人，為了跟隨丈夫只得到碧霞這邊來，日久相處益惡，明煌這一次只得隨他的妻子再回到原班去。碧霞看到一郎也飲了許多酒，在他們義兄弟之間顯得沒有主見，就不高興地走開了。當明煌終於在這場爭執中勝利，高興地要來拉著一郎那隻半殘廢的左手臂時，它不知怎麼搞的突然高高地彈跳舉起，好像要去拒絕明煌伸過來的手。

十一

他們那晚到了台中，明煌要他的妻子先行回彰化的家去，他告訴她要在彰化逗留二、三日，料理家裡的一些私事，然後再一同到大甲公演的歌劇團去報到，他自己明天中午之前一定會回到彰化。在火車站又送走了明煌的妻子後，李文龍說：

「應該把昌德也拉來。」

「現在說已經太晚了。」明煌說。

「三個人在一起也許要快樂些。」

「我也這樣想，但那女王蜂……」

「碧霞是個好女人，你不要說她什麼壞話。」

「她是個能幹的女人，但……」

「我佩服她。」

「她長得令人喜愛。」

「今天的事不能責怪她阻止我們。」

「你知道嗎？要不是她是葉德星的女人……」

「事實上拉昌德一起來要好得多。」

「要不是她是葉德星的女人，」

「為什麼昌德要自己留下來？」

「昌德在勾引劇團裡的一位女孩子。」

「你為什麼不早說？」

「你沒有看出來嗎？」

「看出什麼來，明煌？」

「昌德和我們在一起是很老實的，他一個人時就不是那樣，我早就知道，團內的人要我警告他。」

「早告訴我，我就拉昌德一起來，或者讓我留在草屯，他到台中來。」

「但是我喜歡你，老弟。」明煌笑著。

「你剛才說碧霞什麼？」

「說什麼，我想想，我大概說要不是她是葉德星的女人，」

「怎麼樣？」

「我的年紀和她差不多，我會……」

「算了，別說了，她不是看上你的那種女人。」

「我未結婚前也是規規矩矩的男人。」

「不論如何，她不是看上你的那種女人。」

「葉德星算是什麼傢伙。」

「他和碧霞都待我們不薄。」

「我不是那個意思，他算什麼傢伙配她。」

「他有錢，有威嚴。」

「我帶你到酒家去。」

「我喝不下去，我要回草屯。」

「那麼讓我的女人先走是什麼意思？」

「那時還有一點興趣，現在……」

「你算個男人，一郎？」

「我想回草屯碧霞一定對我有話說。」

「她是你什麼人，你對她如此恭敬？」

「她是個我看到最好的女人。」

「你愛上她？」

「胡說，我不可愛她，她也不會愛我，我和她相差十幾歲，但是我知道她喜歡我。」

「你是個愚笨的男人，在她面前更笨。」

「你說什麼我都不在乎，我要感謝你拉我到歌劇團來，到目前為止，我對我的所作所為還稱滿意。」

「你知道那女王蜂是多麼不公平嗎？」

「我知道，但你的妻子是那邊的人，她常常不合作，難怪碧霞要苛責她。」

「我離開，你和昌德要珍重。」

「這點我知道。」

然後他們來到一家酒樓。

李文龍突然想到碧霞在他們臨走時的託付，沒有想到她這樣透徹的瞭解男人。他想：我畢竟太年輕了，沒有多少經驗，難怪她要特別關照我。在酒樓裡，文龍才完全明瞭明煌要他來台中是什麼用意。明煌比他年長，在歌劇團生活已有很多年，流浪生涯使他學到及時行樂，他讓他的妻子苦惱的地方很多，可是平時他又是一位很盡責和溫和的丈夫。他和昌德追隨歌劇團以來，向明煌學習之處很多，他帶他們見識不少事物；對文龍而言，他只是缺少去做的勇氣，他知道凡事如果突破了心中的禁忌，便會形成不可收拾的地步。在酒樓裡，他學明煌開懷大飲；在這種時候，明煌可謂花樣百出風趣無比，調戲著陪他們在一起喝酒的兩位酒女。其中的一位算是暫時屬於明煌的酒女總是用力地打他伸到她腿間的手。當他看到一郎嚴肅和約束自己端坐著，就對他皺眉頭，笑他毫無用處。一郎只好學他撫摸身旁的那位酒女，他的動作帶著羞赧和輕柔，那位被一郎摟抱的酒女並未加以拒絕。他想著：我只是輕輕觸摸而已，如果我也像明煌那樣使力去捉的話，我想任何女人都會加以抗拒。

明煌一旦酒入肚腸，便要開口滔滔不絕地誇言他是如何單槍匹馬單獨一個人出來闖天下，他又說總有一天，有事故發生了，他也能單獨一人來承擔局面，也會過慣一個人單撐局面的生活。文龍想：這是明煌心感寂寞才說了那樣的話；他到那一團去，無疑是單獨一個人奏樂。一年半來三個人的合作有許多美好諧和的記憶，誰也沒想到分開後會形成什麼模樣。他又想：明煌走了，我和昌德還可互相依賴照顧，要是昌德也因什麼事和我分開了，我不知道要怎麼辦。他想到張碧霞，她能給他一種安全感，他想。

「我這位拜弟是處男。」

明煌對酒女說。

「我看不盡然，只不過老實一點。」

「如果是處男，妳要不要準備一個大紅包？」

「我未曾嘗試過處男是什麼樣子的，除非他是個小孩子。」

「妳連小孩子也引誘嗎？」

「如果他是處男，」另一位酒女指著文龍說：「我就準備送他大紅包。」

「就這樣說定。」

明煌的故態復萌，除了一定要那位酒女陪他睡覺外，還強硬要一郎跟他去做同樣的事。過去他們三個人也有幾次到酒家喝酒的機會，但是除了明煌外，他和昌德都在心理上懷著恐懼，不敢要求酒女再陪他們做那件事。由於明煌一有機會就譏笑他，引誘他，他在心裡定下原則，決定把他的愛獻給所愛的人。

他想，這時正是草屯的晚場戲演完的時候。他喝了很多酒，已經醉了，開始感到疲乏，想到自黃昏到現在深覺荒唐，聽到明煌和酒女的交談和打罵，心裡想無論如何必須拒絕明煌要他去做的事。他想到母親，記起她的話，「和不三不四的人混在一起，如何能出人頭地。」他太醉了，腦子裡糊里糊塗，馬上忘掉了母親的話。

「你聽到了嗎？一郎。」明煌推著他的臂膀。

「聽到什麼？」

「她不相信你是處男。」

「不要再鬧了，明煌，我們走，到旅社去睡一覺。」

那酒女說：「他本人可不太自信是不是。」

「一郎，你說你是不是，」明煌又推著他。

「我不知道。」

「BAGAYALO，一郎，你怎麼搞的。」

「我是不是關你們什麼事？」

「你是，她們要給你一個大紅包。」

「那麼然後她們會十倍百倍的賺回去。」

「你總不能在她們面前認輸。」

「天下有一個男人失貞，她們就要送紅包喝采。」

「她們是要男人玩的東西，為什麼你不玩她們？」

「昌德來的話，也許你能勸他做這種事。」

明煌一手摟著他的酒女，另一手想來拉文龍快走，他的左手臂再一次跳起來打到他。

「怎麼樣，一郎？」明煌詫異地望著他，他連忙道歉道：「不是有意的。」他跟隨著明煌的後面，後面又跟隨著屬於他的酒女，他想：我要去那裡？去做什麼？想到母親與跪求她讓他去追求技藝時，他會對自己自呼：我的藝術在那裡？我要從那裡著手尋求它？他從心坎湧出慚愧的情緒，這與他日後的嗜酒大有關係。

沙河自坪頂發源流經土城梅樹腳在南勢與另一自北勢窩經番社流來的水流會和向海口流去，其聲潺潺有如細訴。

到了旅館已經是午夜，旅社的伙計要他們拿出身份證登記。他摸索衣袋才驚訝身份證沒帶在身上，他記起在草屯曾回劇團換穿上衣，身份證一定還留在原來那件上衣裡。

「我沒帶身份證，怎麼辦？」他說。

那伙計說：「只要其中一人就可以。」

明煌把他的身份證丟給伙計。

「快給我們開兩個房間。」他說。

「等一等，請填上保證單。」伙計說，遞給明煌一本紙張簿。

「一郎，你自己寫。」明煌說。

伙計又遞來一枝鋼筆。等一郎寫完那張單子，伙計才肯帶他們到房間去。在這之前，明煌不免又罵伙計，批評旅館囉嗦。

旅社的設備很簡陋，浴室和廁所分開設在整排房間的盡頭，十分不方便，那時根本沒有計較這些。他萬分疲倦，幾乎要崩潰倒下，明煌卻精神很好，四個人站在走廊上等著伙計打開房間，最後明煌拉著那位酒女走進房間時，回頭對文龍說：

「好好享受，一郎。」

他似乎聽到有人罵著：「不是鬼。」他的神志已經昏迷，根本不在乎誰在說話。被明煌拉著走進房間去的女人也轉過頭來告訴文龍說：

「你年紀輕，和這種人在一起，會被他帶壞，男人我看得多了。」

他做了一個手勢，表示不願再聽到什麼話。

明煌狠狠地拉著那位酒女；文龍最後抬起來的眼睛正好看到那位酒女踉蹌地跌到對著她的床鋪，然後明煌把門粗野的關上。

他和身旁的女人走進隔壁的房間；他倦乏得不能再支持自己，馬上仰倒在床鋪上；他看了那位酒女一眼，她坐在椅子上也在看他。約有幾分鐘的沉靜，他把眼睛閉上，根本無法想到要做什麼事，除了睡覺的慾望外；他也不知道要對她說什麼，他根本不想說話，除了安適的睡一覺。

「喂，你要不要去洗身？」

他似乎睡著了，突然被人推醒，他張開眼睛，正看到那位酒女立在床鋪旁邊朝下望他。

「你要不要去洗身？」

這一次他聽清楚她在說什麼。

「我要睡覺。」

他又閉上眼睛，但還留存一點意識知道她走出房間；突然他清晰地聽到隔壁傳來的聲音，明煌和那位不肯示弱的酒女像是天生配好的一對，他們在床上拉拉扯扯的音響，及互罵的說話像波浪般傳進他的耳裡；他的意識又漸漸地模糊，隔壁傳來的聲音漸漸地遠去。

天亮前，他醒來了，發覺身邊睡著一個女人。他想到昨夜的事，身旁睡的就是跟他來旅館的那位酒女。除了在童年時和母親一起睡外，這是第一次有女人和他蓋住被單睡在同一床上。他靜靜地躺著，不敢動顫，怕驚醒她，眼望著天花板；他傾聽著，整個旅社靜寂得很，房間亮著一盞小的紅色燈光。他伸出右手看看表，是凌晨四點鐘，隔壁的明煌和那位酒女已不再有聲音傳來。他望著身邊的女人，看來她睡意正濃，他翻動痠痲的身體想起來，她也轉動身體醒來了。

他下床開門走出去，走到廁所小解。他覺得心裡很煩悶，想著到旅社來做什麼，突然心慌起來，全身充滿著恐懼。他靠在洗手台躊躇片刻，深深地吸了一次空氣，稍為安靜了才回到房間來。他回到床上，掀開被單時大概又驚醒了她，這時他好奇地想看清楚她的臉。她並不怎麼清秀美麗，臉上塗著一層暗紅的油膏，那是燈光的關係，那油膏應該是粉紅色的。她臉上留著昨夜的化妝似乎具有一種特別的意義，使她保留著一張職業性的面孔。她發覺他在看她，張大著眼睛說：

「你看什麼？」

「妳很美。」

「少油嘴。」

他讚美她，她未必會很高興。他想：一個生長在台灣的女性總是有心口兩樣的表現。他伸出左手臂抱住她，起先她有點抗拒的表示，但馬上靜靜地讓他抱住。他覺得她的身體很柔軟，抱著她使他漸漸升起了慾望，他把身體移靠過去，緊緊地貼著她。

「要做什麼？」她說。

「沒什麼。」
「沒有？」
「是的，妳不高興嗎？」
他從側面注視她，她有半分鐘的沉靜而嚴肅的思索，讓他緊緊的依偎著她那柔綿豐滿的軀體。她完全清醒過來，推開他的摟抱。
「等一下。」她又說。
他放開她時，覺得左手臂怪異地有點抽筋的現象。她挺身坐著，她把身上薄薄的內衣脫掉，重新躺下來，把被單蓋住前胸。她發出很輕的聲音問他：
「昨夜是不是很疲倦？」
他感到她顯出女性的溫柔。
「完全是。」
「酒飲的太多了。」
「那是我第一次飲很多酒。」
「你把身體靠過來。」
他又伸出手臂抱過她，摟著赤裸的身體有更不同的感覺。
「等一等，你的衣服也脫掉。」
她又說。他突然醒悟他將要去做什麼，對自己的拙笨和無知感到有點好笑。他依照她的話坐起身來把衣服解掉。

「你真的沒有做過嗎？」

「沒有。」

「自己玩？」

「有時。」他說。

她把被單掀開，現出她完整的赤裸之軀，他看到她的肉體在微光中優美地起伏著，她的乳房很碩大，乳頭像鑲著兩顆煤粒，腹部下端浮出微小的一撮曲捲的細毛。

「上來，」她說。

他面對著她伏在她上面，感到心臟激烈的跳動，他有些緊張，支撐著身體的雙臂微微發抖，左手臂像折斷似地失掉力氣，使身體整個跌落在她身上。

「小心輕點。」

他完全讓她來擺佈；事實上等於完全讓她來告訴他這是怎麼一回事。沙河淺流細唱。他吻著她，舌尖覺得她的唇膏有點甜味，而他自己的喉頭有點苦酸味，他記得昨夜喝了很多酒。

十二

他的左手此時不知不覺地撿起一個小石子，軟綿無力地投向跳水谷水面，在他眼前數尺的地方通的往下沉，水的漪漣藉著微弱的月光，一線一線地波到他的面前。

他繼續想著在台中旅館的第二天清晨，當他睡去再醒來時，看表是六點十分，隔壁的房間又傳來與昨夜開始時相同性質的爭鬧和對罵，床鋪的搖動配合著他們的罵俏，不久又歸於沉寂。他已不能再睡，心中掛慮著草屯的歌劇團；他完全清醒，想回草屯去，身旁的女人還在沉睡，他不想驚動她，只好繼續躺在床裡。突然隔壁傳來聲音：

「麗美，麗美，」是那酒女的叫聲。

他身旁的酒女醒來了，回應她：

「什麼事，麗華？」

「要不要走？」

「現在還太早，再躺一會兒。」

「在死人邊有什麼好躺的，要睡回去再睡。」

「到底怎麼搞的，阿姐？」

「這個死人整晚搞不停，連覺都不能讓人睡。」

「好罷，我起來穿衣服。」

文龍沒有聽到明煌的聲音，他想他大概又睡去，否則決不會讓那位壞嘴的酒女那樣地放肆，從昨夜到現在，明煌的調皮正與她旗鼓相當。一會兒，那位酒女過來叩門，他房裡的酒女開門讓她進來，她進來對文龍望了一眼。

「看來你們倒蠻相親。」她說。

他房中叫麗美的女人向她的肩膀推了一下。

「我從來沒有遇到過那麼糟蹋人的客人。」

她又批評明煌。

「請住嘴，小姐。」他說。

「嘴閉起來，麗華。」麗美也對她說。

「我不能說話嗎？」

「說別的，麗華。」

「妳的這一位倒相當有義氣。」

「別說這個好不好，麗華。」

「也很紳士派呢。」她又說。

「真氣死人，別再說好不好？」

「那麼我們要走了。」她說。

他房裡叫麗美的女人已穿好衣服，她這時看來很美麗，他望著她，對她有一點眷戀，她對他顯露笑容，「我們要回去了，要不要叫醒你的朋友？」他知道這些話是什麼意思，「不要叫他，讓他睡。」他把褲子從靠近床邊的椅子上捉過來，掏出鈔票。

「多少錢？」

「一百五。」

「總共，」

「三百。」

他把所有的紙幣算了一下，有三百二十元；他心裡有些慌恐，但他還是不猶疑地抽出二十元，剩下全部遞給她。「多謝。」也望著她們轉身離開房間，把門輕輕地關上。他半躺在床上，抽一支煙，覺得若有所失和懊喪。他想著：為什麼我糊里糊塗把幾個月來的薪水在這一二天中都用完了？從草屯的酒家開始，都是他付錢。他又想：昌德和明煌是結拜兄弟與親兄弟無異，應該不分彼此，我大概在這樣的觀念下熱情地付出我的所有。他已有二三個月沒有寄錢給母親，無論如何，回草屯一定向碧霞先借幾百元寄回家去。

「明煌，明煌。」

沒有回響，他想明煌真睡著了，而人對於相等於死亡的睡眠有如此迫切沉迷的喜愛，這傢伙是他從未看他像這次這樣地表現過，使他想到生活對人的打擊和壓迫所積存於內心的反映會是這樣極端和巨大。他起身到浴室去，洗擦汗漬滿佈的的身體。

面對沙河的水潭，他現在還能記憶那位叫麗美的酒女，她以和祥的氣氛接待他的羞怯和笨拙；他回想著那整個過程，覺得她存有忍耐的情緒，她並不十分溫柔，帶著職業性的冷漠。與這種女子在一起以後的經驗中，他獲得了一種認識，她們對待客人的方式往往以禮待禮，以牙還牙，男人不可能獲得較大的便宜，只有表現溫和的男人，她們才會歡迎，男人的慷慨會贏得她們的喜悅，在她們的懷中想傾洩人生的挫敗感覓求慰藉幾乎等於零，想在她們的天地裡尋覓情愛更屬海中撈月，在表面的嬉笑中她們深藏著自卑和最廣的懷疑心，在她們的脂粉的豔麗的皮膚內裡隱著希望的最大暗影，她們是斯多葛的伊壁鳩魯的尖兵，人類的兩面人。所以他願以溫和看待她們，和她們同度那短暫的是虛猶實的歡快時光，以獲得相等值的報償。但他想，有一種男人會持不同的看法，像明煌那樣，以直接爭執的方式冀想駕馭她們，想用男性的優勢來欺壓她們，這往往掀起她們更強烈的反擊和仇視，最後得勝的總是她們，男人的所得是一場消極性的滿足。

那天早晨在台中的旅館，他洗完澡後，在旅館的走廊下，蹲著飲了一碗杏仁茶，吃一根油條，洗滌了昨晚的宿醉，恢復了往常的清醒。旅館的掛鐘敲著八點，他重回到房間，躺在床上，等著明煌醒來，肚子裡有溫熱的感覺，使他適暢一些。他心裡急迫地想回草屯的歌劇團，那裡除了他經常的工作外，還有私事要辦；他必須向碧霞借點錢寄回沙河鎮給母親；他必須和昌德詳談未來的計劃；明煌離開了，過去有他的負責，現在都落在他和昌德身上。他朝隔壁叫明煌，沒有回聲；他走到明煌房間的門口，準備進去喚醒他。突然他想讓他醒來也許會不妙，要是他又纏著他不讓他走，或者又要玩花樣度過這一天，就會影響他的計劃。他決定不等他醒來再走，他穿好衣服告訴旅社伙計，明煌醒來時告訴他，他回草屯去了。

走進草屯戲院，使他有陌生的感覺，裡面顯得幽暗和潮濕，佈景和各種器具顯得零亂，角落瀰漫著的一股沉沉的腐霉氣味，徐徐進襲著他的嗅覺。一路上的省思，現在看到這種景象，才讓他完全瞭解他變成了一個怎樣的人；經過昨夜，他好似在外面的世界經過了一場洗劫回到家，而發現自己以往所生活的淒涼景象。劇團內的人顯得突然減少了；有些人平時應該會碰面，突然失蹤了，剩下的人又顯得冷漠和敵視，這使他敏感地覺察發生了什麼事。平時親熱地堆著笑臉前來請他為她們教歌的女孩子，看到他時都閃避在旁邊。他想找昌德，到處找不到；沒有人願意回答他的詢問，他們好似早就默契好要這樣對付他。我做錯什麼事，他想；或者這裡發生什麼驚人事故；一定是昌德；他又想，樂師和演員已經釀成兩個敵對的壁壘。他大膽地走進碧霞的私人房間，發現她端正威嚴地坐著，似乎早就準備等候他的到來，她用銳利而不高興的眼光望他一眼，然後又審視著他一番，在他想叫她一聲老闆娘之前，她已嚴厲地斥責他：

「你不聽我的勸告，一郎。」

「我做錯什麼事？」

「你雖沒做錯事，但別人所做的錯事與你也有關係。」

「到底是發生了什麼？」

「你坐下來，我就要告訴你。」

她稍為溫和些，指定他坐下。

「你覺得我對你如何？」

「很好。」

「你又覺得我對明煌和昌德怎樣？」

「一樣好。」

「不一樣。」她的臉上開始有笑容；她是美麗端莊的女人，動人的表情彷同在戲台上她演的角色一樣吸引人。「起碼我心裡總把你看為我的弟弟，他們兩位我看不起他們。」

「什麼事，告訴我。」

「昨天你要和明煌到台中，大概不會做出什麼好事。」他沒有辯駁，她又繼續說：「我有沒有提醒過你？」

他不明白碧霞繞著圈子說話是何用意，他想，一定是昌德發生了事。

「謝謝妳，但我並沒喪失太重。」

「你喪失了什麼？坦白告訴我。」

「沒什麼。我得到一場教訓，但我並不後悔。」

「我相信你說的這一切，我還沒有資格詢問你的私人事，我知道你是一個能自我珍重的人。不過，昨夜因為你的離開，碰巧事情發生了。」

「是昌德？」

「不錯，是他。」

「他在那裡？」

「有一點輕傷在醫院。」

「為什麼？」

「沒別的，我教訓他。」

「妳叫人打他？」

「不錯，我叫人打他，我有責任非這樣做不可。」

「在大家面前？」

「在那演戲的台上。」

她一面回答他的話，一面觀察他臉部的變化。

「他做了什麼，妳要教訓他？」

「他強姦了月娟。」

他覺得天像要塌下來，他感到很洩氣，為什麼昌德要幹這種傻事，為什麼大家預料的事總是會發生，而事前大家又不去阻止它。

「你明白嗎？一郎？這是我們團內的事，在團內解決，比在警局解決要簡單，除非昌德要娶月娟，否則我要藉這件事趕他離開歌劇團。」

「我也想走。」他喪氣地說。

「你卻不能走，一郎。」

「昌德走，我一樣走，我不能單獨面對整團的敵人。」

「整團的人對你的觀感不一樣。」

「我剛回來，他們就是那樣敵視我。」

「我保證他們會敬重你，事情不是發生在你身上他們馬上會改變。」

「我和昌德等於一體，他們就是這樣看我。」

「昌德走了，你和他分開，他們的看法也會分別。」

「無論如何，昌德和我一起走。」

他抬頭突然看到碧霞對他微笑，她的笑容使他疑惑，但是那是他喜歡看她的表情，那是從她的心裡深喜一個人時所發生出來的柔美而帶祈求的笑容。

「我看重你，一郎，你走團內就沒有樂師，現在歌劇團漸漸不景氣，合適的樂師也難覓求，我留你一個人就夠了。」

「妳應該知道我和昌德是一同由沙河鎮出來的。」

「我明白這點，但更重要的是我看得出來你對音樂有熱情，昌德在這方面略遜於你。」

他非常感激碧霞說出他心裡想聽到的話，可是他又懷疑這一切都可能是她一手導演的。

他說：「我非常知道昌德的缺點，但從小我們便在一起唸書，一同學吹奏，一同走出沙河鎮，我和他結拜成兄弟，我不願聽妳對他的批評。」

「我向你道歉批評昌德，如果你不答應我留下來，我就要向警局報案，控告昌德的所為，讓他坐六年的監牢，因為月娟才十七歲，未達法定年齡。」

昌德不光榮的離開歌劇團後，李文龍難受和寂寞了一段時日。但他也從這件事開始真正認識碧霞；她是個女人，更是男性化的女人，她能幹，專權且承擔一切的苦難，否則不能使一個包容那麼多複雜份子的歌劇團導入於它特有的秩序和生活。由昌德的事可以看出她的魄力來。這一點使比她年幼而心性脆弱的文龍對她敬仰和依戀。他變成十分單獨的一人，過去昌德，明煌和他在一起時，他們三人在團內一起吃飯，由明煌的妻子準備飯菜，現在碧霞要他和她一起用膳，開始時他感覺十分拘束。葉德星漸漸地少來劇團，歌劇團的收入不能平衡開支，使得大家都有些意興不佳，葉德星來時看起來就更為沉默和老邁。有一次劇團在烏日公演，碧霞要文龍在一個早上的時光，陪她回花壇祖家去探望她的父母親，當她從他親口獲悉他和父親的不愉快事後，對他尤其照顧，的確如她所說的待他如親弟。自昌德，明煌走後，她完全的表示這點來。可是他也有極大的改變，他開始喜歡喝酒和尋找刺激的事做，他單獨一個人去尋歡作樂；晚戲終場後，他一定要到飲食攤去喝幾杯。

十三

他想，他的半殘廢的左手臂的存在使他變成一個滑稽的人物，在別人看來，一個有肢體缺憾的人都是滑稽人物。那條左手還是聽他的意志的指揮，只是不能用力量握東西，不能握拳用力打擊，但有時有意識不到的舉動，突然在特殊的情況中彈起來，像一個自動按鈕的機器，有一種不知不覺的反射作用，使別人以為他有另種意圖，而懷疑或嘲笑他。它的外表依然是完好的，他在少年時代，它和右手臂的肌肉都有勻稱的成長，在光復那年，他喜歡做倒立的運動，他叫弟弟二郎在旁邊觀看，他倒立行走，約莫前進十公尺。現在他對這事的回憶只有感傷，沒有人會相信他曾經能夠倒立行走，只要他說他曾經能那樣做，他們便半信半疑，他們說：「你喝醉了。」他們嘲笑他是說謊者，後來他只好緘默，不再提這件事。

他第一次見到玉秀是那次陪碧霞回花壇的時候，她還是一位十六歲的少女，模樣很羞怯很沉默，是碧霞父母的鄰居，她的父親做著賣攤子麵的生意，她有一位姐姐，一位妹妹，母親已經過世了，看起來是很溫順的女孩子。上個月在碧霞身邊使喚的女孩子離開了，她必須要有那樣的女孩子替她做事，她聽她的父母親說鄰居的女孩子已經十六歲了，碧霞過來看她，經她的父親同意，她就把玉秀帶到歌劇團來。不久，文龍發現自己罹患肺病，身體日漸虛弱，他吹奏樂器傳佩脫常常滑嘴，他坦告碧霞他不能再吹奏，決定離開劇團回沙河鎮療養或者就是等死。二年之後，他的健康好轉了些，改奏樂器薩克斯風，重到碧霞的劇團來。二年之間，碧霞因歌劇團的不景氣，顯得蒼老了，她說曾經續聘過幾位樂師，都因為生活過度散漫，調戲團內的女人等情事，製造了許多麻煩，有些幹不久就走了，有些為她趕走，樂師的事使她很煩惱，她決定不再聘樂師。另一方面，有一種時裝的話劇團出現，舊的歌劇團的存在已經漸漸維持不下，但她非常高興，非常歡迎文龍再來。他很感激碧霞，也發現有一位亭亭玉立的小姐和她在一起，他問碧霞她是不是劇團新聘的花旦，碧霞笑著說：

「她不是新聘的花旦，她在劇團已經二年了。」

「她不是演戲的，在劇團做什麼？」

「你忘掉了嗎？」碧霞說。

「是誰？我記不起來。」

「她就是玉秀。」

「誰是玉秀？」

「花壇家裡鄰居的那位女孩子。」

「那位女孩子？」

「你記得嗎？有一次你陪我回花壇。」

「記得，就是那位害羞的女孩？」

「就是她，她長大了，不久也要走了。」

「妳沒有教她演戲？」

「她不喜歡演戲，她不是那種天生演戲的人；她不像我，我是天生會演戲的人。」碧霞說。

二年的間隔，現在又把歌劇團的事連接起來了，而這個全新的改變，使他有一個很好的印象。

他和碧霞和玉秀三個人在劇團像是一個小家庭，碧霞有點身心勞瘁，並沒有把長成為女人的玉秀辭退，留在身邊照顧她和文龍的生活一切瑣事。他突然有一個靈感，決定娶玉秀為妻，他獲得玉秀的允諾後，和她重臨花壇去拜訪她的父親。他坦白地告訴玉秀的父親家庭的經濟情形，以及劇團的生活；玉秀已在劇團生活多年，她的父親並沒有異議。他寫信給在大甲讀中學的二郎來清水，劇團那時在清水。玉秀的父親雖不計較禮俗的一切，但玉秀批評她的父親為沒有主見的人，他覺得不要太傷玉秀的心，所以應該有點形式。

二郎在第二天的黃昏抵達清水，正是劇團內用晚膳的時候。自從第二度來劇團，匆匆已有幾年沒有見到弟弟二郎，文龍雖按月寄錢回沙河鎮，但他不回去有他內心的理由，所以看到二郎那外表呆板和冷漠的少年模樣使他驚異不置。二郎似乎是隱藏憤怒和自卑的沉默少年，他那怪異的眼神隨時注意著劇團內的零亂、陳舊和破敗的景象；當他把頭部巨大的學生帽拿下來時，他們又被他的另一模樣引得爆出笑聲，他的頭頂是光滑滑的，像個沒有自由意志的小和尚。文龍記得在沙河和他一起釣魚時，二郎還留著頭髮，沒有想到進了中學反而被剝奪了留髮的權利。二郎看起來失掉了活潑，臉色蒼黃，顯出憂憤不高興的模樣；他的特徵便是頭大身瘦。顯然二郎對劇團的所見感到淒涼和失望，他堅持不肯和他們一同用餐。文龍只好領他走出戲院，準備把他想做的事告訴他。

「你臉色蒼白是什麼原因，二郎？」

「你不必管我臉色好不好。」

「你對我生氣嗎？」

「是的，劇團的情形令我失望。」

「你根本不清楚，二郎。」

「我一看就知道。我以前想像你一定在外面過好生活，想到你就覺得榮耀，今天我才完全明瞭，根本不是那麼一回事，你們幾近是一羣乞丐的團體。」

「坦白說現在的確不很好，但以前是很好的。」

「你寫信叫我來是為什麼事？」

「我要結婚了，二郎。」

「結婚？和誰？」

「劇團內的一位女人。」

「演戲的？」

「不，她不演戲，她和老闆娘在一起，和我在一起，我們相處很多年了，我要娶她。」

「你身體並不好，為什麼要結婚？」

「我現在身體比以前好很多了。」

「我們是貧窮的人，我要不是拿免費獎學金，便不能進中學讀書，你要結婚只有製造更多的窮人。」

他舉起左手臂朝二郎打了一記耳光。他感到慚愧，沒想到弟弟二郎年紀這樣小就如此偏激。但他說的也有道理，他是個誠實的孩子，他應該知道自己的親兄弟的性情。他們保持片刻的沉默。二郎被打了耳光後，不理會文龍，朝車站的方向走去。文龍快步追過去，和他並肩走著。

「對不起，二郎。」

他沒有理會他。

「你聽我說，二郎，我向你道歉，我不是有意的。」

「你還有什麼事，趕快說。」

「我們找個地方坐下來。」

他們正路經一所市區的學校，他們走進去，在操場草地上坐下來。

「你似乎比我知道更多的事，二郎。」

「我看了很多書，每天看報紙。」

「你還在生氣嗎？」

「沒有。我本來不願來，想用信回答你，除非你在信裡說明白事情，後來還是覺得應該來看你，你不回家已有幾年了。」

「是的，不瞞你說，回沙河鎮總使我感到羞愧。」

「你並沒有虧欠沙河鎮什麼，一郎。」

「但是要我在沙河鎮街道走過，我抬不起頭來。」

「我明白這是什麼原因，一郎。」

「什麼原因？二郎？」

「你自己很明白，因為你心裡存著理想，你沒有達到那理想，所以你害怕看到熟識你的人，你寧可讓別人忘掉你，是不是？」

「你的說法太淺顯了，二郎。你的話沒有錯，我有理想，我在沒達到理想之前不敢見人。但是現在真正的因素是我在懷疑那理想，理想像是應在你對面的敵人，現在我不明白它是什麼面目。也許我先前立下的理想，不是真正的理想，那理想可能是個騙子，在我們未認清自己和環境之前，所立的理想只是不實在的影子，你明白嗎？」

「我有點明白。」

「那麼你為什麼要結婚？」二郎問道。

「似乎每一個人都需要那樣做。」

「並不是每一個人，有許多人一生中都沒結婚。」

「他們是聖人，或所謂了不起的人。」

「平凡的人也有不結婚的。」

「但是假如你需要一個女人，只有結婚這一途。」

「我想結婚對你是不適宜的，一郎。」

「為什麼你會這樣認為？」

「你有肺病，你喪失了理想，你感到疲倦了，你沒有奮鬥的意志，你覺得你會死，所以你想結婚。」

「我不明白這種奇怪的論調。」

「如果是我，我就不結婚，一郎。」

「你長大會瞭解的，我們不要為這個爭論，就算我的想法錯了，我也要結婚，因為一切都說妥了。」

「將來你會為這婚姻後悔，你不適宜結婚的，一郎，沒有女人會瞭解你，除非有那種能瞭解你的女人，但你的運氣不會那麼好能遇上那種女人。」

「我很抱歉，二郎，我打了你。」

「我不會在乎，一郎。」

「你有什麼要我為你做的？」

他從身上拿出五百塊錢交給二郎。

「要母親準備好十二塊訂婚餅，一個訂婚戒指，舊曆九月初三到花壇來。」

「什麼時候舉行婚禮？」

「九月初三以後我和她便算結婚了。」

「這樣做不是很草率嗎？」

「我和她在劇團已經很熟了，不需要那些儀式。」

「你所做的事都是使我感到懷疑的，一郎。」

「有一天你就會明瞭，每一個生命都有他的表現形式。」

這一次他對弟弟二郎很不高興，但二郎搭火車離開後，他感到傷悲。二郎的話是正確的。他懊悔用熱情來達成結婚的願望，可是現在一切都太遲了，而且都錯了。首先，他不瞭解，甚至震驚他的弟弟二郎的思想為何突然變得如此犀利，他的話使他後來知道人是為了怕死而求生的，這雖是大地上的自然現象，但絕不符合人類應有的精神。他想：我不應該結婚，一個有肺病的男人不應找女人結婚；凡是有缺陷的人都不應該結婚。當他第一次和玉秀做愛時，他感到他的邪惡，他沒有獲得精神的快慰，他清晰地看到他自己是一個變態的怪物，這樣的怪物不但容易察覺社會的畸狀異態，而這樣的一切也同樣地全都指向他。

十四

沙河淺流，潺潺細訴。

在早晨練習的時候，他為演戲的女孩子伴奏〈送君情淚〉。玉秀有一度回花壇去照顧她病重的父親；她的父親不久去世了。他與她的情感變得日趨惡劣，從開始他就感到她有一種不肯順從別人意思的個性，在她是少女的時代，別人總以為她是害羞的，其實並非如此，她尤其不能順從他，故意來與他為難。他想，這種在她漸成為婦人的完全強化的態度，在當初來劇團時，大概就是碧霞所說的沉默的樣子。她的無知和冷感使他的精神走向絕望。酒變成他唯一慰藉的東西。

他再為另一位女孩子伴奏〈港都夜雨〉。

她說：「樂師，我要唱〈風微微〉。」

奏這些感傷的小調豈止是為這些為戲劇賣命的女孩子伴唱，他自己有時也閉著眼陶醉和哀憐。

這是他第一次覺悟吹奏與他不能分離的關係；他不但依此為生，亦依此而發現自我。

他還坐在沙河跳水谷水邊，似乎再過一個時辰就要天明了，他懷念碧霞，他清清楚楚地看到自己生命的素質，他生命中唯一仰慕和愛戀的就是她。在那時，當他預備娶玉秀為妻時，他與碧霞之間突然顯出一個很寬的界限。碧霞對他的婚事的淡漠，正好說明了一位世態看多的人不願隨便表露自己的情感。平時碧霞對他的親切照顧，也許正是玉秀對他為難的因素。玉秀懷孕回沙河鎮後，他突然深深地依戀著碧霞。但這情形僅止於他個人內心的壓抑感而已；碧霞是持重的女人，絕不會輕率地走錯一步。就在那年冬天，文龍喝酒受了風寒，開始不斷咳血，他又不得不放棄追隨劇團，結束四處流浪的生活。

歌劇團的命運也漸漸幾近完結，龐大的開支已不適於一站一站地遷徙。碧霞在文龍要離開的那天，情形有點特殊，她對他雖很緘默，但對團內犯錯的女孩子都發了很大的脾氣。歌劇團一年來有些虧損，把她早年儲蓄的金鍊手鐲和現款都墊出來。據說葉德星也宣佈不久將把二個劇團再合併。

他和碧霞清早便從小村鎮坐輕便車出發，她為了送他，她自己稍加打扮，恢復了她過去的美麗容貌，但文龍仍能窺出她內心的蒼老和生活的折磨。不知在什麼時候開始，她緊緊地握著他貼近身旁的左手。就是那隻癱軟無力、彷彿沒有知覺的左手臂，尤其當他無心關注眼前的事務時，那隻左手臂就像是不存在。要不是她說：

「很抱歉，幾個月來薪水都發不足。」

他才知道不能出很多力的左手，事實上也等於在握著她的手。他那時身體很弱，神色十分懊喪。

「我這一次離開，我好像知道不能再見到妳和再來歌劇團了……」

他對他的肺病產生所謂第二發作期的絕望幻想。

「好好保重，是一定會康復的。」

「妳也要保重。」

「你看我是不是老多了？」

「沒有，還是和以前一樣好看。」

「你別騙我，我自己知道我老了。」

他沉默下來，盡力不使眼睛含著珠水掉下來，因為抑制的緊張，左手臂突然彈跳了起來，把碧霞的手掙脫開，這一突然的舉動，碧霞難為情地把臉轉開。

無疑，他痛恕得決定回沙河鎮就把這條左手臂砍掉；但是至今，它猶在；他常常撫摸著這條可愛的生命不可失去的誌記。碧霞那時心事重重，他知道她在為自己的前途焦慮。她說：「當初劇團分出來時，我曾經發誓，不料終於又有合併的一天，葉德星和我相處的日子也不多了，你知道我絕不可能歸回原團去……」

他似乎顯露著一種無情無義的沉默，以表露他對她的心事的無助。

「最近我也對你不好，一郎。」

「請別這樣說，碧霞。」

他第一次當她的面叫她的名字，這使她的臉深紅了起來。她突然出他意表地捉起他的那隻左手，迅速地把一隻金戒指套在他的中指上，這一次他的左手臂反而變得很安靜，乖乖地讓碧霞把戒指套牢。她說：

「你這次回家，空空地什麼都沒有是不好的。」

我有一隻貪財可恨的左手臂，他記得那時這樣想。

十五

昨夜他抵達鎮上樂天地酒家時，彈吉他琴的金木已經等在那裡。金木是竹南人，最近才來沙河鎮和文龍配合奏唱。金木對他說：

「有個大塊豬哥要找你，一郎。」

「是那一位大塊豬哥？」

「你猜猜看，」

「昌德。」

「就是他，他要找你喝一杯。」

「現在他在那裡？」

「到苑裡去了，他說回頭和明煌一起來找你。」

「你奏完不要回竹南去，他們都是有趣的人，一起喝酒。」

「明早我有事，今晚末班車一定要回竹南。」

「裡面有些什麼人？」

「都是老面孔，鎮上的頭兄。」

「這些人天天樂，有吃有喝有玩，進去奏一曲。」

金木走在前面，裡面的一間榻榻米房間坐著七八位男人，四五個酒女插坐在他們中間。那些沙河鎮的頭兄他都認識，只是沒有來往。當然不會有往來，除了在酒家碰面。他開始奏出〈補破網〉第一個音，金木對他瞟一眼，他點著頭，金木的手指撥著琴弦和音，跟著用他沙啞的聲音唱起來：

見到網
目眶紅
破得這大坑
想要補
沒半項
誰人知我疼痛

唱了這樣一段，酒客酒女早就停下來傾聽，金木的歌聲今晚特別沙啞有味，樂器克拉里內德單音緩行，迷人的樂聲就這樣瀰漫屋裡屋外，首先有一位膝蓋跪著的酒女，一面倒酒一面淒麗而響亮地和著金木的歌聲，漸漸引進來幾位男士，也合唱起來。這一曲是那個時候不知怎麼地以無可奈何的哀音在街頭巷尾流行起來的，連小童子們在晚飯後聚在一起也合唱為樂。歌詞回到開頭那句：

見到網
目眶紅

時，那四五位酒女都張開嘴巴放聲唱了，然後那些頭兒，先有點猶疑，最後還是手臂摟著酒女們的腰部，也跟著合上來。當歌詞第三次轉到開頭那句：

見到網
目眶紅

後，文龍瞥望到那位領頭而紅著臉的鎮長也半閉著眼睛唱起來，他是低沉的聲音，於是合唱形成壯大的水流。那位端菜來的瘦猴子，轉身走開時，拍拍文龍的肩膀，走進廚房後，也在那裡面應和著大家一起齊唱著那句：

誰人知我疼痛

文龍腦子裡突然浮出弟弟二郎在好幾年前，坐在清水的一所市區的學校操場草地上，對他說的話：

「你並沒有虧欠沙河鎮什麼，一郎。」

還有那些警句：

「你有肺病，你喪失了理想，你感到疲倦了，你沒有奮鬪的意志，你覺得你會死，所以你想結婚。」

他真希望二郎年輕的一代也能看到這種動人的場面，那麼他就會瞭解為什麼他們的生活中需有這種聚會狂飲合唱的形式。他想：我欣賞這種悲傷的歡樂的合唱，但我卑視他們這些人。不止限於這些頭兒們能夠調劑呆板的生活，那些農夫、漁民、工人亦然。跟著他領頭吹奏歌調歡欣，剛剛流行出來的〈高山青〉，唱到：

啊啊啊啊
啊啊啊啊啊
啊啊
啊啊啊啊啊
阿里山的少年

有的男士已經伸手到酒女的衣裙裡去了，遲疑不決不敢伸手進去的人，只好配合節奏拍手，眼光卻不斷地流連身旁大膽吃豆腐的同伴。這一鬧下來就是兩張十元藍鈔票遞過來。金木向前接住錢時，鎮長抬頭望了文龍一眼，他也正好看他一眼。這使他想到他曾經想進鎮公所當臨時雇員的事拜託過他。

那時，他放棄在歌劇團的樂師工作回到沙河鎮，急切盼求一份工作維持生活，他去找林斤古先生。林斤古先生是沙河鎮的宿老，關係很好，許多現在做頭兄的人都是他提拔的，他是頭兄們的頭兄。而林斤古先生和他的父親在日據時代同過事，是很好的朋友。他去拜訪林斤古先生時，林斤古先生不太認識他，他問文龍：

「你是誰的公子？」

「李國風。」

「國風？國風的公子這麼大了？」

「我叫文龍。」

「文龍？光復才改的名字罷？我記得你小時候見過你，你那時叫一郎，對不對？」

「沒錯，我是一郎。」

「國風兄那時和我都是好朋友，那時沙河鎮沒幾個人是受過教育的，國風兄和我外，還有開春，阿信……」

「我有事想請你幫忙，斤古伯。」

「什麼事？」

「聽說公所裡還有幾個雇員差，想請你向鎮長說一說，我……」

「我先問你，你長大了我不太認識你，你以前在那裡做事？好像不在沙河鎮。」

「我在歌劇團當樂師。」

「當樂師？那是很特殊的工作，要有才能，當樂師不是很好嗎？」

「現在我的身體支持不了。」

「你有病？」

「是的，有病。」

「什麼病？」

「肺癆病。」

「肺癆病！」

林斤古先生幾乎嚇了一跳，他迅速把臉轉開，不敢和文龍正面交談，於是他把椅子往後移動了一尺，他說：

「一個臨時雇員有什麼前途？」

「為生活，斤古伯。」

「為生活，不失為一個好理由，但你說話最好轉開一邊去，我很怕被你傳染，肺癆病不是鬧著玩的病，它會傳染，一傳十，十傳百，你到公家機關來恐怕不適宜。」

「你最好也少說話，」斤古先生又說。

「家父死後……」

「我知道。你什麼學歷？」

「高等科畢業。」

「是日據時代的高等科，相等於現在的初中。」

「我漢文寫的很好，在大和仙那裡斷斷續續修過二三年，讀到四書五經。」

「不過這些資格都不會被承認的。」

「現在的職員中國校沒畢業的……」

「我清楚，你少說話，他們有正式派令，是現職。至於那些雇員差恐怕早有人預定了。」

「那些人？」

「那不關你的事。不過我也許可以和洪議員商量，他也許能夠為你在義勇消防警察方面弄出一個臨時差來。」

「義勇消防警察臨時差？」

「他們想組織一個沙河鎮的樂隊，你正好有這方面的專長，你是佔義勇消防警察的臨時差，但幹訓練樂隊的事，你願意幹嗎？」

「我願意。」

「那很好，為沙河鎮做點事。」

除了昌德，他想不會有人到酒家這種地方來找他。昌德現在住松山，在他的妹夫經營的紡織廠當管理員。對昌德來說，他永生也不會忘掉在歌劇團的那次教訓，要不是那次教訓逼他放棄在歌劇團當樂師，誰也不能想像他現在會是什麼模樣。他和金木奏完了那一場後，走出樂天地酒家，準備橫過馬路到圓滿酒家去，就在門口處遇到昌德和明煌兩個人。

「一郎。」

「明煌。」

「昌德。」

「一郎。」

「怎麼樣？」

「老樣子。」

「什麼時候回來的，昌德？」

「下午才到。」

「看來不錯，一郎。」

「馬馬虎虎。」

「剛才我來過，遇到金木。」

「金木對我說了。」

「進去喝一杯。」

「我還有工作，」

「工作和玩樂都一樣。」

「進去三人合奏。」

明煌亮出樂器傳佩脫，昌德也拿出樂器斯賴。

「你們在什麼地方拿來的？」

「到義勇消防隊去借來的。」

「進去，進去，進去。」明煌催著說。

三個人摟抱著擁進圓滿酒家，彈吉他琴的金木跟隨背後進入。首先他們三個在庭院來個〈雙鷹進行曲〉做下馬威，然後文龍開頭吹出〈港都夜雨〉的第一個音，昌德和明煌合奏進來，金木彈和弦並唱，幾個酒女圍過來，明煌空出一隻手摟抱著其中的一位，昌德的斯賴必須用兩手，眼睛瞟著另一位酒女，而文龍感到憂鬱。

他記得在等臨時差的那一年，有一天搭火車到松山去找昌德，到那裡發現昌德也不能幫他什麼忙。昌德總有那種遇事時躁急而說不出話來的窘困模樣，對像他那樣一個高大肥胖的人來說，那是很滑稽透頂的事，也難以看出是真是假他那難過的樣子，使文龍反而覺得來打擾他是一件不可寬諒的事。但自從文龍開始在酒家奏唱，昌德常常藉著回沙河鎮探望親人，向他的妹夫請假回沙河鎮找文龍花天酒地一番。那天文龍又由松山搭火車趕回沙河鎮，下車已是黃昏時刻，望見太陽西垂天邊，在沙河海濱上空佈滿紅霞，整個下午擠在火車廂裡又熱又飢渴，他走進車站附近的冰菓室吃西瓜，聽到鄰座的在議論剛在鎮上發生的事，他向那位陌生人打聽，那人說是一個小叔棒打嫂子被捉到警所去。他心裡感到疑惑，越聽他們描述越不是味道。他走出冰菓室，不敢在大街上行走，由郵局後巷繞到警察局後面的球場，然後踏進警察局的正門，幾個圍坐在桌子的警察看到他時，都瞪著眼睛看這位瘦弱的男人。

「喂，一郎，過來。」其中的一位警察喚著他。

「我們等你很久了，你到那裡去？」

「我剛由松山回來。」

「你知道什麼事？」

「我大概知道。」

「你的家怎麼搞的？」

「我只是聽說，還未回家，我的弟弟二郎在那裡？」

「他太凶惡了，把他關在裡面。」

「我可以見他嗎？」

「你最好規勸他一番，我們就放他回去。」

二郎被關在一間用木條隔間的監牢裡，他們相視沉默半分鐘。

「二郎，怎麼樣？」

「我已經忍不住了。」

「怎樣發生的？」

「她整天嚷著沒吃沒穿，和別人怎樣比較的話。」

「早晨她有沒有起來煮飯？」他記得到車站搭火車時，天還未亮。

「沒有。她知道你走了，就和我們作對。」
「孩子哭叫有沒有理他？」
「她罵他又打他。」
「母親呢？」
「母親求她勿大聲嚷叫，她反而更放肆，我忍了一整天，她午覺睡到黃昏還不起來，母親叫她起來做點事，她回應母親為何自己不做而叫她做，所以我……」
「是她來警察局的？」
「是她跑來報的，否則我……」
「二郎，你為什麼要那樣做，我就會趕回來的，回來我就會教訓她，我現在幾乎要把血從嘴裡噴出來。」
「我很抱歉，大哥，原諒我。」
他離開警所，直奔家裡，不料玉秀已經走了。母親說她捲著包袱留下孩子走了，怎麼樣也留不住她。他想：她只有到台中去投靠她的姐姐，他準備動身到台中找她，背後由警所回來的二郎叫著他：
「大哥，我們先談一談。」
他的弟弟二郎的叫聲，使他要湧出來的血收了回去，他的心跳也復慢下來。他記得那次釣到鱉時，繩子幾乎被它掙斷，二郎說：「先放點線，讓它拖一段時間。」他在二郎的要求下冷靜地想著。那天晚上他和二郎就像二個新見面的朋友談了一夜。他第一次感到他們兄弟的互愛，他愛他的弟弟，弟弟二郎愛他。就在玉秀離家那天晚上，他們兄弟互相有深切的瞭解。那天晚上他下勇氣決定到酒家奏唱賺錢，在自己的家鄉沙河鎮要幹這樣的工作必須下很大的決心，也就在那天晚上，他邂逅了彩雲。

十六

他第一次在臥室裡摟著彩雲，突然失掉重心倒在床上，彩雲的身體正好壓住他的左手臂。那個念頭來臨，而且急遽地升起。他想他必須馬上在那個時刻佔有她的身體，即使要用強暴的手段。自從他和玉秀日有所齟齬以來，他渴望著另一個女體，他懷念著碧霞，但這念頭使他絕望，有時他只有自玩一番，但他仍盼望有另一個女體能讓他滿足。所以他摟抱彩雲倒在床上時，他已阻不住要做那件事的慾望。他的手撕裂彩雲的衣裙使她驚訝和反抗起來。她反身把他推壓在下面，她迅速站起來離開床鋪，他想爬起來抓住她，一直試著用那隻左手臂想把身體撐起來，情形就像那次父親用木劍把他劈倒在地面上，他為此掙扎。她退後靠在門板上，似乎隨時要採取快速的行動開門逃出去。他用力試著撐起身體，屢試屢敗，她看到他那滑稽的模樣而笑出聲來。她看著他在床上痛苦的掙扎，發現他無力地癱軟在床鋪上，她不再笑了，她的臉轉變得十分嚴肅，帶著另一種憐憫的態度，移動腳步走向他。

「你怎麼樣？」

「沒事。」他說。

他平靜地躺著，仰望著彩雲，不再做掙扎。

他只是望著她，她坐在床鋪上，他又摟著她，但他心裡已沒有半點慾念。之後，彩雲憐惜似地把他的頭緊緊地抱著貼近她的胸脯。他的情慾在剛剛的掙扎中已逃得毫無踪跡。他平靜地摟著她，像摟抱一個世界一樣用著他的冷靜的思想。他只有在彩雲的耳邊地方輕輕吻了一下。彩雲說：

「我們先做個朋友。」她說。

「我們做個情侶，我們想像要怎麼做就怎麼做，任何人不能干預我們。我們永遠在一起，現在我發現我多麼喜歡你，比你需要我更愛你。過去我的自尊心使我過寂寞的生活。現在你要我做什麼，我便服從你，我賺的錢也和你共同花用。我們應該相愛，能有一刻就愛一刻，能有一世就愛一世。」

最初他們並沒有同居在一起，他們像個平常的朋友，文龍黃昏之後就到酒家奏唱，有時看到酒客摟著彩雲，他也不嫉妒。他自從來酒家奏唱反而變成一個十分冷靜的人。他的弟弟二郎到城市去了，家裡只有母親和那個嬰孩。他的兩位妹妹已嫁人，對他來說，生活變得比以前平靜和簡單。他知道離家的玉秀投靠在台中開餐館的姐姐，但他並不想去看她，甚至連希望她回來都不想。有時他會在早晨到彩雲的住處去，逗留到下午。他經常在白天去釣魚。彩雲發現他的身體不好，知道他有肺病，但她並不嫌棄他，她十分愛他，發現他是她所遇到的男人中最溫和的男人，她偷偷地購買藥品交給他的母親，就當做是他的母親買的。有一次，她邀請他一同到桃園，她的家庭就在那裡，會見她的父母親，彩雲的雙親非常歡迎他，問及他們準備何時結婚，使他一時回答不出來。彩雲是個聰明的女人，回沙河鎮後就向文龍說及她雙親的意思。

「爸媽把我們看成當真的。」

「這不能怪他們，反而很有意思。」

「他們的確希望我們結婚，然後我們回桃園接掌他們的生意，你不必奏唱，我也收場，過正常的生活。」

「你知道我的困難在那裡，但所有的困難都可以越過，唯一我不能放棄的是奏唱。」

「奏唱只是一件工作，高尚點說是一門職業，應該可以在比較其他職業後放棄。」

「我不會放棄，奏唱對我，它的意義不止是賺錢的工作。」

「那麼為什麼？」

「我不吹奏，我就會很快死亡。」

彩雲沒有說服他這點，但女人總有她的計謀，她要求他同居，他答應了。就是在文龍被編進義勇消防警察的臨時差時，白天在消防隊部訓練樂隊，但晚上還是到酒家來奏唱。

十七

他和金木整個夜晚不斷地在樂天地和圓滿兩酒家來回走，中間只隔著縱貫公路。圓滿酒家的四方形牌樓大門，與樂天地酒家的拱形門樣式成了對比。兩家的位置一東一西也是一種巧合。圓滿酒家牌樓邊側的空地上，有一棵樹葉繁茂的老榕樹，樹下停放幾輛牛車，三、四隻大牛分開縛在各角落，牛與牛車的主人可以想見是在圓滿酒家內暢飲和調笑，直到午夜，他們才會再把牛套在牛車回鄉下的農莊，一路上，星高夜寂，車輪轆轆，飲醉的農夫低垂著頭顱，溫馴而識路的牛把他們帶到家門。兩家酒家不僅門當戶對，酒女們也互有特色。樂天地酒家大都是年輕貌美、天真活潑的女孩子，正好配合沙河鎮知識階層那些頭兄的心理需要。凡是知識階級也大都是物質主義者，有驕傲和欺詐的個性，對任何東西的需要不外選擇新鮮。而圓滿酒家裡大都是年紀較大、經驗豐富的女人，善於用花言巧語灌醉那些心地魯直的農夫，讓他們掏出賣穀錢。

他和金木走進去，看到農會的職員和膚色黝黑的農夫歡樂在一起。那些農夫的頭髮剪得很短，露出朝天的鼻子，眼珠凸得像玻璃球，厚而寬的嘴唇呈黑紅色，他們把粗硬結實的身體依在身材肥白的酒女身上，在半醉態中說著十分猥褻的笑話，他們發出的笑容，神態特別可愛。文龍和金木出現在他們面前，他們說：

「奏唱的，來奏一曲。」

「你們這些大人要聽什麼？」

「不要叫我們是大人，奏唱的。」

「奏〈夜來香〉，奏唱的。」

「奏〈雨夜花〉，奏唱的。」

「到底想聽〈夜來香〉，還是〈雨夜花〉？」

「不要開我們玩笑，奏唱的，你知道我們不識字，請隨便來一曲，不要開我們玩笑。」

文龍開始奏出〈夜來香〉的第一個音，農夫嚼字不清的濁濁口音便跟著唱起：

那南風吹來清涼

…………

當曲到歌頌的部份時，酒女的高音和農會職工的低音夾著農夫的粗音混聲呼唱起來：

夜來香

我為妳歌唱

夜來香

我為妳思念

奏完這一曲後，其中的一位農夫高舉酒杯說：

「乾一杯，奏唱的。」

「謝謝你們。」

他和金木都接住酒杯，一口飲盡。

有一個聲音叫著說：

「喂，你不是李一郎嗎！」

文龍望進榻榻米房間的角落，一個個子矮小結實的田莊人笑瞇瞇地瞪著他看。

「你是誰？」

「你不認識我了？一郎，我是羊仔。」

「你是羊仔，我記起來了。」

「騎馬戰時我們是一組，我是你的馬。」

「對，我完全記起來了。」

「剛才失禮叫你奏唱的。」

「互相互相，沒關係。」

「乾一杯，一郎。」

「乾杯。」文龍說，一口飲盡。

他放下酒杯，隨繼開始奏〈明知失戀真甘苦〉，那些田莊人又從一場歡樂轉為悲嘆，牛喉般的聲音格外慘戰：

明知失戀真甘苦
偏偏走去失戀路
明知燒酒不解愁
偏偏飲酒來解愁

他一面吹奏一面想著：世界的人類是互相依存的。那些農會的職工要是失去了這些田莊人的話，那麼唱這首失戀歌是格外恰當；而酒女也失掉酒客的疼愛，情形亦然。他想到他的弟弟二郎，二郎的聖徒夢是很愚傻的，他現在也許正在做沉思，但他想，生活才能引發最好的哲學沉思。

他這樣想著，突然憶起常在沙河街道上遇到的一位啞巴女人，她已經年老了，住在樂天地酒家後巷的一間矮草屋裡，但她也會打扮成漂亮，依她自己的觀點她也是漂亮的女人，她的嘴裡也鑲著金牙，身上也穿著紅紅綠綠的花衣服，縐縮的嘴唇塗口紅使它舒展；她要活下去所以忘掉自己的年歲。她在幽暗污穢的矮屋裡接客一次可得五塊錢。她的生活很愉快，她啞巴兼耳聾，聽不到別人對她批評，批評有何用？她也不批評別人，她年輕時曾結婚生子，但丈夫和子女現在都走開了，現在凡是願意去接近她的男人都可以是她的丈夫。他想：我和她比較起來強多了，她不憂愁，我何必呢？

他和金木受那些酒客的要求奏出其淫無比的〈丟丟銅〉。之後，他感到胸部有一股氣流要衝出來，他心裡自語著：「血，肺部腐敗的血，現在別衝出來。」他走到酒家的庭院，依靠在牆角咳嗽，把痰從喉頭吐出來，痰水裡含著一條血絲，像是一條活蟲般游動，他極其嫌惡地用腳下的木屐把它擦掉。回頭他看到金木走出來，金木說：

「有人要向你敬酒。」

「算了，多少錢？」

「二十塊。」

他看看表已是晚上十一時，他想昌德和明煌大概已經喝醉，他們一醉就會胡亂來，和任何人都會搞不清，他要是再和他們喝下去，也沒有多少意思。他和金木商議再奏一場就算完工了，金木說他正好可以搭十一時五十分的最後班車回竹南，於是他們再橫過縱貫馬路到對面的樂天地酒家。

十八

他想：我很慶幸我發現了樂器克拉里內德。當年紀較輕時，他好勝吹樂器傳佩脫很神氣；然後他認識了生活，他吹樂器薩克斯風很過癮，現在他對人生已有所悟，克拉里內德使他獲得冷靜。他樂得不幹義勇消防警察臨時差的工作，他們最初是不好得罪地方的頭兒而用他，發現他還可以利用，但在衡量他們自己的利益之下寧可把他踢掉。母親的觀念永遠不會改變，她時時惦念著她的兒子必須要有一份正當的職業工作，當他曾問及母親用多少條香煙再去向沙河鎮的頭兒說項，母親回答說：

「難道拜託人家不需要一點禮嗎？你要學懂得人情世故，兒子。」

「可是這不是我所希望的工作啊！」

「你必須朝正路走，兒子。」

「我自己懂得該怎麼走，走什麼路。」

那時玉秀離家，二郎也到城市去就學，他唯一想獲得安慰的是心中湧起的吹奏的慾望，這才使他發現了克拉里內德這個哲學。明煌在翌年春節過來看他，他心裡常常掛記著這位心地純良的傻義兄弟，但他也愛莫能助。明煌說：

「我為你難過，一郎。」

明煌已放棄歌劇團過樂師生涯，轉到一個水庫工程隊去工作。他來看文龍總不忘帶點禮物來。

「你有什麼打算？」

「我要吹奏下去。」

「你的身體行嗎？」

「我不吹傳佩脫，也不吹薩克斯風。」

「你想吹奏什麼？」

「克拉里內德。」

「黑管？」

「就是黑管。」

「你想再到歌劇團去？」

「我不回歌劇團，我要在酒家奏唱。」

「在那裡奏唱？」

「這裡，我的家鄉沙河鎮。」

「你已經瘋了，一郎。」

「我想清楚了，我不再逃避和流浪。」

他順從母親的意思，幹著義勇消防警察臨時差時，是個業餘的奏唱者；他被革職後，他完完全全是個職業奏唱者。他和彩雲有生命中最美好的性愛，這是他和玉秀之間所不能有的至美的人生事物。他和彩雲的事一度成為沙河鎮議論的對象。二郎那一棒把玉秀打走了，他的弟弟二郎有如替天行道。二郎的一舉一動和言論從此成為他思想中的希望。二郎在信中告訴他，說他常有一種心血的衝動，他認為人應以這種靈感促成生命的滿足。他想：二郎是父親的正傳。日子遠了，漸漸使他對父親有較平靜的看法，他常想到不久的將來也會像父親一樣化為只剩一堆精美的白骨時，他的心境更沉落得像冰般的冷。要做聖徒的二郎無疑地要為他的白骨再做監撿人。他常想到那位撿屍骨的冷漠小老頭，他從來沒有在沙河鎮遇到他，他不知道他住何處。那時他和二郎為撿父親的骨頭，母親曾到一家擇日館請教那裡的先生，然後一切都由擇日館的人做安排。那位小老頭似乎不屬於所謂的正常社會，也不與所謂的正常社會人相來往，他是一個無比崇高的人物，當他用破瓦和鐵器刮去沾黏的腐肉，再用銀紙擦拭骨頭時，他想他是一位神，一位在暗藏在內心裡憐憫人類的神，他永遠低垂著眼簾默思這所謂正常的社會人類，他不愛有肉體的人，他只愛那些他擦亮過的白骨，把它視為自然天形的藝術品，反覆撫摸，審視形狀，考量類別，而不使它們沾染一點塵埃。

二郎這傢伙不知會不會看到我的白骨時再像他看到父親的白骨那樣地像個女人般淚流滿面？二郎也許是我最為不能徹底瞭解的人，而只憑著我一己的生活所產生的幻想來架構他這個人物，他想。總之：他不會重踏我走過的舊路，與我的命運相同，就是時光不再往前奔馳只停在此刻，他也不會做出我所做的相同的事，他想著：二郎代表著未來的時代，我代表著一個隨時會逝去的現在。他想：我與他之間的分別是明顯的時光，我隨時會死，他隨時會踏上他的坦途。他想：我對我的弟弟二郎的希望、信仰勝於一切，他是我唯一能見到的新生命，別人也許會認為我的論調滑稽可笑，但是我並不認為這有什麼不正經；假如這是我的形上思想，有人會認為我不夠真實嗎？

十九

他又點燃一支煙，聆聽跳水谷水頭處潺潺流來的水聲，另一個潺潺流去的水聲在水尾的地方同時傳來。天快要破曉。跳水谷的水面始終寧靜不動。在這平坦如鏡的所在，一直都是死亡和活躍兩種不同情調的場景。沙河自坪頂山發源流經土城梅樹腳而來。他決定追隨葉德星歌劇團時，是一個不相信命運註定說者；現在他面對這沙河最幽寂的水潭，似乎已變成不折不扣的宿命論者了。但他知道，宿命論與非宿命論猶如錢幣的兩面；當錢幣的一面呈現在面前時，另一面便埋藏在底下。

而誓不兩立的兩個女人中，必定要走掉其中的一個。

有一天，他應台中來的電報，迅速趕到台中的一所醫院。他走進醫院，整個病房的擁擠景象使他嚇了一跳，那些愁苦地躺著的病患，好似被人痛宰後丟棄在那裡的可憐動物。可是現在他想起來，再沒有比病患的愁容，和他們半張的眼睛更為狡猾了。玉秀躺在角落的一張病床上，她的妹妹在旁邊照護她，他走過去探問病況，那時醫術還未多大進步，割盲腸也算是個大症狀。

「為什麼這麼遲才來？」

這樣的反問又使他另外驚嚇一跳，她還懂得先發制人之術，他有些後悔趕來看她。「為什麼？」他心裡想而沒有說出來。在醫院裡，他不好發脾氣來駁斥她幾年來與他之間夫妻情份的斷絕並非完全是他個人的責任，她嫌棄貧窮的事實，給他有一份自卑在心裡。看來這場病痛反而成為她使他讓步的無比威權。

「帶錢來嗎？」

「錢？」

「無錢叫我死在這裡嗎？」

「只有二十塊錢。」

「沒有錢何必來。」

「我來探望妳不高興嗎？」

「這幾年你都在幹什麼？」

「奏唱。」他直截地說。

「奏唱？」她訝異地叫出來。

「不錯，丟臉嗎？」

「不丟臉，偉大，看不出你會在沙河鎮的酒家當奏唱者。」她變得口詞犀利，他心裡有些膽寒。她又說：「我嫁了你，死也是你的人，你要想辦法去清償醫藥費。」她講得蠻有道理，事實上只是強詞奪理罷了，他想：我還是一走了之。他正要走開，她叫他：

「別走。」

「我要回家。」

「慢著，我告訴你，出院後我就要回沙河鎮。」

這像是她高舉斧頭往他頭上劈來，他的左手臂自動地彈起來橫在頭額上擦汗。他馬上在心裡想著，她如回沙河鎮，彩雲的安全就有問題。

「妳在台中不是住得好好的嗎？」

「好是好，但嫁雞隨雞，嫁狗隨狗。」

當初他對她性情淑靜的印象，現在才完全猛省到底是什麼一回事。不料，現在是她露出凶猛的波濤向他衝擊的時候。她說：

「有何打算？」

「離婚。」

「離婚？沒有那麼簡單。」

「只有這麼辦。」

「你以為我不知道嗎？」

「知道什麼？」

「沙河鎮飄來一朵彩雲，你以為我不知道嗎？」她停頓一下。「你想和我離婚，然後和她結婚，是不是？」

「無論如何，我要回沙河鎮。」她又說。

「你回來好了。」他說完離開醫院。

他想到她說要回到沙河鎮來就像朝他身上發來的符咒般令他朝夕感到不安。他將此事藏在心中未告訴彩雲，直到那一夜，他奏唱完畢，也幾乎達到醉倒的境地，回到彩雲的身邊，彩雲問他：

「你這幾天有點異樣，一郎。」

「沒有這回事。」

「不要瞞住我，一郎。」

「沒事。」

「我知道，她要回來了。」

「沒有這回事。」

「前幾天，你偷偷到台中去。」

「誰告訴妳的？」

「母親。」

「……」

「這是遲早要發生的事，你以為我會受不了，所以埋在心裡不告訴我。」

「我是為妳想。」

「她要是回家，我就殺她。」他又說。

「但是，我告訴你，一郎，我已經住膩了這個沙河鎮，我從來不在一個地方住滿一年，這還是我住得最久的地方，我已經打算好了，明天就離開這裡。」

「要走我們一同走，彩雲。」

「太遲了。」

「為什麼？」

「你是屬於沙河鎮的，我像是一隻四處流浪的小鳥，不屬於任何地方。」

「我雖誕生於沙河鎮，但沙河鎮沒有我立足之地。」

「不論如何，你要瞭解你生於此也要死於此，一郎。」

二郎說，現在已不是在二個女人中選擇那一個的問題，是到了生命開始認知的真正課題。他想：二郎的確說得正確，我的這位老弟是我真正的知己。他又想：我已經到了清醒的時候，我的徬徨的生命應告終結了，應該開始進入真正認知的時候，雖然我隨時會嘔血而死，畢竟讓我活著獲得這一覺悟。

他突然清楚地瞭解那位撿屍骨的老頭，他相信那小老頭子在年輕時也是和任何所謂正常的社會人類一樣，希冀所謂不被輕卑的職業。經過了風霜，他沉默了，他面對別人所不敢面對的事物，他是認識自然的人，他甚至認識天上的神。還有那位賣春的老啞巴女，她曾經也有屬於自己的青春的美夢。而我也曾經有過野心勃勃追求技藝的理想，他想。

二郎說的對，我承認現在愛樂器克拉里內德比愛女人、財富、名譽更甚，他想；我的克拉里內德和我內心的靈感便是我的女人、財富和名譽，他這樣想。

二郎說：「你必須把自己變成一隻長長瘦瘦黑黑的克拉里內德。」

是的，當我注視樂器克拉里內德時就像是看到為肺癆折磨成乾瘦的我，他想。我的肺裡充滿肺癆的細菌，我的樂器克拉里內德的內壁也沾滿那種細菌，他這樣想。他回憶著：有時，我會夢見樂器克拉里內德，它直立起來發出神經病似的尖銳的叫聲，因此我想樂器克拉里內德有時也會夢見我。

後記

本書主人翁李文龍（一郎）於民國五十一（一九六二）年臘月黃昏，到車站去迎接學成歸來的弟弟二郎，看到他的兄弟後，因情感過於激奮，突然咳嗽吐血，其弟將他摟住，用三輪車送往醫院，一路上從鼻口腔湧血不止，血泡猶如蟹沫，慘狀難以形容，躺在醫院長椅上有如一條死魚，經醫師急救無效，終歸不治離開人間，有年三十二歲。

此情景完全事實絕非作者杜撰。

七等生　補識

三版後記

〈沙河悲歌〉的續唱並不指單獨的某個人；一個單獨個人只是一個單獨的特殊例子；一個單獨的特殊例子並不重要，也不被重視，重要的是從其個體生命史實中提出普遍人類的思想形態，也可以說將普遍的人類思想印證於具體的個人生活史實。這是現代小說藝術尋獲共鳴的指標，關懷個體生命的悲喜等於關照全體人類共通的情感。一個時代過去了，另一個表面更新的時代依然存在著不變的生命內在的暗流；獲得新生活經驗的形式改變了，但基本的生命主旨和精神則原本不變；古代人對生活環境，對生命本身，對自然宇宙，對所有一切形上與形下的思想，對現代人而言，依然還在做同樣的沉思；歷史在演進，但個體的存在問題依然不更變。我們是否生存於過去的時代，或活在未來的時空，都沒有多少差別，因為快樂或苦痛的感受不可能遽然離開生命個體。一個作品在回顧和檢討過去時代的經驗時，事實上也在反應目前切身的現實，對於未來同樣還俱有效用；一個選擇外在體裁的作品，事實上也在這杜撰的故事反映著作本身；即或是一本誠實和懺悔的自傳，事實上也在反應廣大的時空世界，許多各色各樣的人的影像和作者的影像重疊交混，故事中的人物根本沒有他單獨個人的特殊意義，而是普通人類共通的意義。

有位在電視台擁有的樂隊當樂手的讀者，公開發表了一些他的工作生活的感受，他說出他們的辛勞工作和所獲得的微薄報酬，他指出現代社會在繁榮的外表上的價值取向，他認為他們只是幕後默默無聞的辛苦工作者，雖然歌唱節目或錄音不能缺少他們，但觀眾的注視目標和大眾傳播的宣揚，大都一味地投在歌唱的女星身上，無形中將普遍的價值觀念扭曲和集中於一個偏激的焦點。我想，他由工作酬價的比較所感受到的生活苦澀，必定使他在暗地裡思索一些生命有關的問題，這種思想能夠透過瞭解撫慰他不平的心靈；無論何人，有高深學問的或不識字的勞工，均能在經歷某些生活之後，做有益於自己和有益於社羣之間的諧和思考。在日常工作的催促下，無論何人都能按照正常的節拍與人共同工作，但在私下陶醉的啜飲或孤獨的散步之際，他便容易幻覺到意識抑制下的種種事實，其敏銳而帶傷感的思想，其要旨是想認清生命。不論是苦悶的人，或是事業成功的人，是偉人或是平庸的人，都不能脫逃這種情緒的暴露。因為其性質是相同的，因此它普遍的存在。我的同鄉人朱銘先生，是大家所熟知的頗有成就的木削藝術家，是個很受敬慕和學習的男人，他對他的藝術工作當然定有極遠大的目標。我有幾次與他暢飲交談，他曾有一次帶著極其誠實的口吻對我說：「老七，我常常疑問我的生命，在作品辛苦地完成之後，問我自己我的工作是為了什麼？這件作品到底價值在何處？我為什麼想要完成它？我不做可以嗎？到底我刻了許多作品對我有何意義？我的生命是什麼？」我很同感他的看法，我為他能從簡陋的民間藝品的學徒，而奮力成為一位國際上知名的藝術家感到自豪，因為他能夠從隨波逐流的生活中注視內在生命的形象。一個人的工作表現除了有外在的評價外，還有自我的省悟和自我的批判；很明顯地，自我的瞭解是最為具有自知力的人所重視，人類在這方面的精神思想也最為重要。

自省是走向誠實之路；虔誠能使生命獲得存在的定力作用；自我的瞭解才能盡到個體生

命應做的職責，才能有資格扮演人類社會化的一份子；社會，國家，或整個世界，都需要具有健全人格的個人來組成。某人在表面的世界無論如何成功和受到褒獎，盲目的生命依然是可悲的，因為這種生命永遠沒有自由的感覺，它的存在只是一種無感情和沒有知覺的東西，也能由此辨明容收如此無生命的社會，國家或世界的偽善和偏激。一個不能從生活經歷提煉精粹思想的人，最容易從原形慾望產生一股熱情的社會意識和理想主義，他們只是從一個外借的陳舊理論，而不是從本身環境去設定目標，他們相信歷史的宿命而不是從歷史的觀照中產生啟示，來改進人類生存的環境，他們想利用人性的某些弱點，而不想揭揚人性的美善，他們無視於地球表面高山深海森林平原所形成的優美風景，且從這些千變萬化的綺麗景色所陶治的互不重複的內在心態的人類，而意圖蔑視人類各有所用的心智，蓄意去建立一個外表平板無趣的國度，這個國度除了少數統治者外，所有的人類都是清一色的奴工。這種理想善於偽裝私自的權力欲，而披上一件躍身使命的外衣；這種理想可以罔顧生命的個體事實，而意圖鞭策羣眾邁向征服和侵略；這種理想沒有人類追求文明理想的精神，它本身只是一個強權的集團，沒有人類在工作中維護的公平競爭的原則，而只是施用一切狡詐的利用技倆，歪曲歷史的言論；這種理想並不讓人類依其個別的秉賦自由選擇其個別的生存途徑，而只設有一個模型公式搶奪個別的自由權；這種理想不容許自由意願的存在，因為他們是利用人們各自獨立的情勢弱點，施行強迫的手段；這種理想所組成的國家永遠是寡頭的集權政治。而不可能是民主憲政；這種理想否定在自由思想下的文學藝術的個別風格的價值，而只將一切的文學藝術和生活都變為政治化；這種理想只是知識對知識的欺騙，因此造成階級的仇恨和鬪爭，甚至以愛國的理由進行種族和國際間的戰爭；這種理想存在於知識沒有批判真偽的環境，受到沒有自省能力的人的歡迎，利用情緒化的羣眾，像小男孩投入不辨是非的集體打鬪，而達到他們奪權的目的。但是這種理想架構的福祉，最後乃會由於其操縱者的私慾的暴露，造成不堪收拾的禍害；這種理想必定最後受不住生命個體的良知的考驗，因為它本質上建立這種理想時的種種過程的矛盾，必定造成個體間的慌亂和敵意，人們將從飽受精神的壓迫和物慾的不滿足中揭竿而起，重新尋求自由精神中的公平競爭和合理的均衡，及自然的新陳代謝；所以這種理想的實現無異於暴徒的得意日子，目睹其本來面目後，將馬上為人類唾棄，因為這種理想在泯滅了人類的親情、善意的同情心、自動服務的精神、謙讓的美德、個性的自由發展等德性之後，同時也鏟除了人類特有的想像力和創造力，使人類變成沒有表情的活動機器。要辨認這種理想只須看他們公式化的理論和特殊的煽動性用語，這種理想在最初孕育時所提出的救贖主張只是空洞無憑的口號，只要我們考查他們的實際現實生活的思想和表現的貪慾和投機取巧的態度，便能明瞭他們無法和基督聖徒的苦難犧牲和服務社羣的精神同日而語，事實上凡實行這種理想的地區，根本不容宗教的存在，也不能產生文化的諸種形式以諧調生活。這種理想不但不能如他們所標榜的要提升廣大勞苦羣眾的生活權利，反而阻礙了個人經由勤學努力向上的成功機會，這種理想在文學中所顯露的面貌不是人性所導發的情節，而是一味的仇恨意識的象徵和暗語，不是善意的對社會的改進意見，而是意圖破壞人與人或國與國間的感情；這種理想本身是對抗民主自由的世界，而不是獻身於掃除民主自由世界裡的徇私的污穢工作，以維護民主自由世界的健全和發展，猶如這種理想不能透過人類的內省力，從內在的黑暗世界迸發出一切文學藝術、哲學、科學和宗教的花朵；真正的人類世界必須唯靠內心由衷的寬容、仁慈和愛意的表現，而維持其永恆的存在，因為人類及萬物的真正統治者是造物主上帝（上帝的存在是經由人對文學藝術、哲學、科學、宗教和生活的思維而感知的唯一知識體），而不是某一個人或集團憑其陰險恐怖和血腥的手段，依循一個外表削平的方式維持人類的生存。

但是目前民主自由社會的污穢和懦弱的人性表現，不能公正地維持正義，缺乏謙讓和同享的美德，利用權勢剝削勞苦工作者的利益，造成極端的經濟不平衡，以及短視而沒有遠瞻的種種計劃，缺乏救溺的同情心，大眾傳播的不道德，人際的偽善，形成自由的誤用和濫用（有人過份享受特權侵佔別人的權益），造成了人類追求民主自由的精神的低潮，尤其在東方世界的生活環境裡，因為民眾知識力的淺薄，內在省悟力的斷缺，自私的生活習性，無論在外在生活和內在精神都呈現著千瘡百孔和虛脫的現象，成為魔鬼囂張和疾病蔓延的溫床。我們是否爭取自由或淪為奴隸，就需每個人在自己的內心做一個明確的思辨，不容遲疑地必須做一個確實的選擇。

如果我將個人分成自由與奴隸兩類別，那麼自由人就是具有選擇力和自主權決定自己所意願的行為，且惟靠自己的工作能力高低所獲得的報酬來決定是否過優沃或簡樸的生活，而奴隸不言而喻，則正是相反，但由於處於被命令的和安排工作，也能夠分配到活命的其本食糧。一個自由人能夠自由由某地遷徙到某地，而奴隸則被指定在一個固定處工作和休息，雖然有這些極端的分別，但人性並不一定恆常決定選擇做一個自由人的路子；由於生命力的倦怠感，精神的沉淪，以及某種複雜的心理因素和恐懼心，將自己的軀體生命任意交給他人使用。某些人甘願做奴是對自我主宰力的無從適應，雖然由於某種政體的變革，或戰爭，使人陷於奴隸的狀態，但乃有原是自由人在自由地區走向奴隸之路的，而且有些人由於早年的無知而獻身於理想，或成了愛國的理由，事後明辨所謂理想的真象，及對自己國家的管理的方式感到失望，重新掙脫奴隸的身份努力邁向做自由人。總之，在同一個生活的時空之中，自由與奴隸的兩條路是互有來往的；但自由人的可愛之處，是自由人可以繼續意願做個自由人，或選擇奴隸之地成個奴隸的自由；但一個奴隸如想要掙脫奴隸的狀態，則必須冒生命的危險奔投自由。一個國家的政體的性質到底是民主憲政或集權專制，其最大的決定因素在於整個民族的素質和本性；一個民族要擺脫處於被奴隸的地位，或為自己的人所奴隸，其首要的條件便是從教育著手，改變人性素質，而自由人要自己負責自我教育，從生活中尋找一條內省和沉思的徑道，去探討個人的命運，急功主義則導至更複雜的混亂，演成自我殘殺，即不能救國也不能獲得個人的自由，兩者全失。

能唱悲歌的地方是一個可以自由洗淨的處所，唱有助於個人的安魂，也有助於社會環境的改善。不錯，人類本身好懷理想，但所謂理想是什麼，我們不知道，也不能遽然實現，人只能依靠內在良知的引導，善唱洗淨的悲歌，那麼這條路便是必行的。

七等生

一九七八、九、十於通霄舊屋

余索式怪誕

余索於假日前一天黃昏回到沙河鎮。當他步下汽車，市鎮的空際瀰漫著由擴音器播出的為秋季的季節風所撕拉而不成調的鄉樂。那樂音由一個盼待安寧的人聽來有如敏感的皮膚為粗糙的沙紙擦磨，蘊涵在身體內的靈魂就要不耐煩地逃跳出來。余索越走近自己的家，那沙隆而不能與時代的感受相諧合的音樂就越為響亮。當他發現那擴音器就安裝在天壽堂漢藥店的走廊石柱上正朝自家門戶發出那折磨聽覺的聲音時，他憤懣地駐足在路邊。天空已灰暗，余索仇視著那隻像鴨嘴的怪物。然後他倒在屋子裡的椅子上，不能飲食也不能上床睡眠。他沉默不語，漸漸地他的全身似乎被那忸怩而諂媚的音樂灌滿了，他終於突然站起來，走到張燈結綵的漢藥店，但是他的請求被一羣辦喜事的幫手拒絕了，並且以十分粗暴的語氣責罵余索的胡鬧。余索對他們解釋，但他們無法容忍那種所謂自由以不干犯別人的自由的論調，而那局面吵得到底是誰干犯了別人的自由已不可區別。余索算是個讀書人，以他受點教育所知悉的準則顫顫抖抖地說話，但那些人以鄉俗為據，理直氣壯地指罵余索古怪得不懂人情世故。余索孤單無援地走回家來，他想他只是請求他們把聲音放小些，把喇叭嘴轉個方向，為何他們連這點都不肯接受呢？他打電話請教警局的人，警察答應他要過來看看，余索約等了一個鐘頭，不但情況未被改變，而那音響似乎有意地加大了聲調，幾個鄰居突然闖進門來，首先是勸解余索忍耐，認為余索的行為是一種喜事的禁忌，很可能遭打死無討；余索大認不然，他仍然不能寬恕他們剝奪且侵犯了他的安寧，於是那些鄰人蔑視他而退，以為余索是個不可理喻的怪人。

當夜，余索以酒和安眠藥勉強睡去。

翌晨他醒來時，首先聽到的仍是昨夜那種拖曳得要人發瘋的音樂，在他的感覺裡彷彿被灌了幾千年了。他躺在床上迅速地掠過一種異常憂鬱悲觀的退讓逃避的想法，這連續兩日的休假總不能如此讓人來破壞他的安寧；他本計劃在家讀一本書，只得傷心的放棄了。但他將到何處去走避這場無冤之災呢？那種擰人的習俗以及民情藉此的放縱顯然不會因他個人的抗議而更改的；這種古老社會的作風正好利用現代發明的利器囂恣得更為張放。在社羣裡所關注的是需要而不是法規和道理，而個人講究的雖是接近真理的事物但仍以自私的感受為出發點。社羣與個人的衝突往往是後者的敗退做為終結。現在的鄉村社會使一個讀書人憤怒的不僅僅是獲不到應有的安寧而已；不能隨時代而修正生活的秩序乃是真正為受教育的人所關注的事。

想到在假日而還須離家使余索悲從心來。那對街的音樂使他不能忍受緣於那音調總使人想到那只是古時昇平時代對王者的諂媚作態的演奏。民間而播放那種樂音無疑是種僭越和譏諷。余索再也不願去想到那存在於民間的經久深藏於內裡的複雜的意識所可能表現於生活上的一切虛偽。這些勾當尤其顯露於那些有錢的人家裡，而總有一大堆無聊的人去巴結。余索以為部落社會的作為還遺留到現代的市鎮會社裡來佈置是萬萬不該的事。他簡單地通告了家人後就步出家門。當他在街道望向車站行走時，突然背後鳴叫著汽車的喇叭聲，然後幾部小車和卡車從他身旁呼掃而過，他抬頭望著那敲敲打打前往迎娶的車隊，車裡的人看到是余索那傢伙，都紛紛朝他比著拳頭。余索馬上低下頭來，心中有無比的感傷。在那瞬間裡他的意識希望那些去娶親的人遭遇車禍，但他警告自己，千萬勿做此詛咒，萬一事情碰巧發生，那些猶如土人般迷信的現代人將會以怎樣的態度來問罪於他。他只默默地低頭走路。他幾乎是帶著訣別的心情離開了自己的家鄉。

余索抵達了一座城市，那裡正適一隊一隊的小學生和車輛在做節慶的盛大遊行。他走入公園，看到的不是天真無知的談笑就是頹唐無趣的沉默；他找不到一張富有自信而理性的面孔來迎合他內心的希冀。他徘徊了整個晌午，深覺這座城萬分髒亂，於是他帶著失望和疲憊的身體離開了。那個下午他經過了幾個小鎮，市街全都懸掛著擴音器在播放鄉樂作為慶祝的宣傳。余索的漫遊越來越隨心情的沉墮而越朝山區的地帶而去。到了黃昏，他來到一處山川秀麗之地，名叫谷關，於是他希覓以沐浴和山間的寂靜來療醫他滄桑的病態。可是他落腳的一家旅店附近一所寺廟也以擴音器播放那種喃呢無望的怨訴的佛樂。他完全被征服了；至此，一切對這生活的世界的抗辯都歸無望了。他孤單而冷默地吃了簡單的飯食，沐浴後就倒在床上心灰意冷地睡去了。

夜半他在昏睡中意識到隔壁傳來的騷擾聲，那裡似聚集著幾位男女正在進行著猜拳飲酒的嬉鬧。余索在一種不由自主的狀態下起身，他迷迷糊糊穿上衣服，然後由浴室的一口敞開的窗戶跳出去。那家旅店本建築在山畔，所以余索很快地就置身於暗黑的山林之間，他依著穿過葉隙的月光的微弱片影踩著茂密的雜草，毫無疑慮地連足步去。在那時，他似乎有著某種決心，有如要走遍全宇宙的土地去尋找什麼，他的臉上已無憂鬱的神色。

之後，余索突然陷落一個偽裝的坑室裡，他在驚慌中舉頭上望，許多番人圍繞著他，他們深刻的眼神猶如瞪視著一隻投網的野獸。余索大聲呼叫道：

「我是人不是野獸！」

番人中的一位長者回答他：

「你當然不是，但羅到你正是我們設陷阱的目的。」

余索被他們用網吊上來，在他被押往番人的部落之時，他為自己到這深山來尋死感到哀憐。到了番社，當那長者知道余索為何而泣時，咧著大嘴巴笑著說：

「傻孩子，我們不是要吃你，你馬上就要成為我的一名女婿。」

余索聽說他的生命可以保存竟破涕而笑。但當他想到番人要他所做為何之時，他才真正意識到了他的憂患。那長者再問他為何愁容滿面，余索答道：「假使我和你的女兒結婚，我留在家中的妻子將怎麼辦？」長者聽到余索的話後十分憤怒，向余索罵道：

「那麼你為何不留在家裡而闖入深山?!」

那長者的責問像一記頭棍使得余索一時回答不出所以然來，很難為自己置身這荒野之地做直接了當的辯解。長者審視著余索，覺得這傢伙有點書呆子樣，但那張清秀的面目倒頗使他滿意。

「你叫什麼名字？」

「余索。」

「余索，這真是你自己來找的。」

「我所找為何？」

「你像一條在地面上盤爬的糊塗蟲。」

「無論如何，請饒我一條命放我走。」

「那麼你就在死與結婚中選擇一條路。」

那位老酋長召集族內所有人來集會，余索站在一旁聽他向族人講述他們番族的沒落歷史。然後余索被領去見那招夫的公主，公主是個受過教育的聰明女子，與余索像是一見如故，因此余索問她為何要選擇一個平地人做丈夫？她誠實地對余索道及過去他們族內連婚的惡果和現在實行異族通婚的理由，是為了將來新的血脈能有新的活力。余索也對她相告自己的身世，公主對他諒解的說：「現在你只有順從，一旦有孩子誕生，我一定允許你回家去。」余索感激流涕，決定遵照公主的話去做。

於是部落對這隆重的慶典遂在午夜展開，老酋長高興地宣佈三日三夜的狂歡。余索和公主坐在一起接受族人的敬酒，觀看族人的歌唱和舞蹈。當整個部族的喧鬧逐漸刺痛余索的舊創時，他感到坐立不安，烈酒助長他內在的反叛情緒。公主察覺到余索的精神頻臨崩潰，便以他飲醉為由扶他入睡。在帳內余索拒絕公主的溫慰，以悲憤的口吻說道：

「我不能在此陷入相同的錯誤。我從平地逃逸而來是為了避靜和沉思，可是依現狀，妳的族人似乎更難令我忍受；在這裡更無個人的生活，個人的愛好，個人的平靜天地；而凡落伍的民族就更加誇張這種團體的模式。我可以保證愛妳，可是我不能和他們生活在一起。你們捕獲我或我落入你們的陷阱並非如那巫師所說的是天意，而是一場荒唐的誤會。我必須趁他們在胡鬧的情形裡偷偷地溜走，就像一棵幼苗還未紮根之前趕快移植。」

公主回答說：「你現在千萬不可輕舉妄動。」

「為什麼？」

「我的父親為了保全尊嚴，他一定會派人追殺你。」

「我現在寧可選擇死路，而不願苟且偷生。」

「余索，我瞭解你的悲痛，但你曾答應我……」

「來生我再回報妳。」

「沒有來生，余索。」

「沒有嗎？」余索驚訝。

「那麼你還記得你的前生嗎？余索。」

余索想一想後說道：「不記得。」

「相同的道理，只有現在沒有所謂過去和未來。」

余索被公主說服，心情漸漸平靜下來，應公主的要求出帳再與族人盤旋一番，然後回帳休息。

不久，狂歡進入高潮，整個山谷像鬼域一般嚎叫嘶喚，余索探首帳外，彎月早落，夜是漆黑一片，他在灰濛中彷彿看到一個手舉斧頭的番人正奔向他而來，他在驚恐中拔足逃入森林，背後遂升起一片喚殺聲，羣起直追余索。

余索落荒而逃後，心中盤算如何逃出這羣山密林的束縛。他無法確知跑了多遠，背後追趕的聲音卻漸漸離遠而終於消失了。當林中恢復寂靜後，他清晰地聽到一個呼聲在叫他：

「阿索，阿索，」

余索駐足尋望，覺得剛才那叫聲好生熟識，使他全身的毛骨都索然抖動起來。

「是誰叫我？」余索怯怯地問道。

「阿索——」聲音拖曳的很長像絲帶般由樹幹間飄來。

「你是誰？」

「阿索，是我阿泰。」

「阿泰！」余索大叫。

一個與余索十分相像的影子由黑暗中逐漸清晰地顯像在他的面前。在那一刻間余索毫無思索地與那似乎具體又似虛無的人相抱在一起，當然不由自主地退後數步，張大瞳孔注視他。

「真是你，阿泰？」余索不可思議地說。

「你害怕，阿索？」

「不，我不應該。」余索搖頭，似乎很緊張，「但……」他仍在發抖。

「兄弟手足啊，雖然是分隔兩個……」

「是的，阿泰，我們分別有……」

「你在這深山林地做什麼，阿索？」

「我……」

「看得出來，無論你怎樣下定決心，這地球是圓的。過來，我的好弟弟，我們坐在樹下好好談談。」

余索至此恢復了鎮定，走近去和他的哥哥余泰靠在樹幹坐下。

「你身上帶有香煙嗎？阿索。」

「我有一包長壽煙。」

「現在沒有新樂園嗎？」

「現在有的是長壽、玉山、寶島。」

「那時是新樂園和舊樂園之別。」

「我記得，你失業那段日子抽的是舊樂園。」

「但我有點收入就抽新樂園。」他說，「我告訴你，阿索，其實新樂園和舊樂園都是同樣的粗料。真正瞭解的人就知道只有一點製造的手法不同而已。」

「這話可是真的，阿泰？」

「我相信我的感覺，阿索。」他說，「人憑感覺做判斷。是不是，阿索？」
「我相信是那樣，阿泰。」
「我覺得抽這長壽煙怪譏諷的，阿索。」
「你為也能在這裡，阿泰。」
「我是自由魂，阿索。」他說，「我跟蹤你許久了，阿索。」
「跟蹤我？為什麼？什麼時候？」
「打從你離家開始。」
「我為什麼不知道？阿泰。」余索困惑地說，「假如我能事先知道該多好，阿泰。」
「沒錯，我能見到你，你可見不到我。」
「太不公平了，阿泰。」
「我看你覺得有趣，阿泰。」
「有趣？」余索有點生氣。
「你想想看，阿索。」
「也許。」余索沉思回想。「但你為何不幫我，阿泰？」
「死人是不直接幫活人的，阿泰。」
「但你為何又在這裡，阿泰？」
「耶穌說你信了就能看見。」
「我記得，存在是一種需求。」

「我還懷疑嗎？阿索。」
「我不懷疑。」
「但你是飽嘗了一場虛驚，阿索。」他說，「就如同你生活在憂患裡，你就會從這悟到為何會這樣這件事。」
「我是悟到了，阿泰。」余索說，「你還要一支煙嗎？阿泰。」
「當然，我不在乎。」他說，「母親現在不在這裡。」
「母親在家裡，現在也安眠了。」
「我記得母親那時總責罵我抽煙把身體搞壞了。」
「是的，阿泰，你患肺病。」
「還有酒。」他說。
「你早就要戒掉這兩件東西，阿泰。」
「你不是也酒氣噴人嗎？阿索？」
「我也許不應該說那話，阿泰。」余索說，「但那時我是站在母親那一邊，我有點輕視你，覺得你不長進，你那時的確十分消沉。」
「我為我自己流過淚的，阿索。」他說，「我不是不明白，是英雄無用武之地。」
「現在我完全瞭解你了，阿泰。」余索說，「我也流過淚，為我自己。」
「所以你現在能和我見面就是這個道理，不明白的人是永遠不會明白。現在能做這樣的思考倒不為晚。」余索不由自主地落下淚來。

「記得嗎？阿索。」

「什麼？阿泰。」

「你七八歲時我第一次教你游泳。」

「記得，阿泰。」余索感激地望著他的哥哥。

「在什麼地方你也記得嗎？」

「在沙河跳水谷。」

「我們家離沙河不遠，我記得在一個夏日黃昏帶著你到跳水谷。」

「我也這樣記得的，阿泰。」

「你現在可游得怎樣，阿索？」

「現在可以和你比賽了，阿泰。」

「你有這自信，阿索？」

「我自信要比你教我時的你游得更好。」

「你夏天都回到沙河鎮來游泳嗎？阿索。」

「讀書的那段時日每逢暑假就回家來，現在在鄰鎮的一所學校教書，每逢假日回家。前幾年連冬天也游泳。」

「但你現在看起來可不那麼壯，阿索。」

「你一向也不很壯，但你卻可以游得很好，不是嗎？阿泰。」

「你真是我的好弟弟，阿索。」他說。

「是的，一點也沒錯。我永遠感激你教我游泳。」余索說。

「你也常去釣魚嗎？阿索。」

「沒有，我沒有空。」余索說，「我需工作賺錢養家，去年我和一位農家女結婚，我和她一直不很親熱。」

「為什麼你要結婚，阿索？」

「因為我長大了，有此需要。」

「奇怪你娶個農家女，阿索。」

「這是母親的主意，而且我又戀愛失敗。」

「我們的母親也是農家女，是不是，阿索？」

「是的，阿泰。」余索說，「平心而論，農家女優點很多，就是不太親熱。」

「我以為你會學我不結婚，阿索。」

「我不學你，阿泰。」余索說，「你是浪蕩子，我是讀書的老實人，而且我活過你的歲數。」

「你還嫌我是個短命鬼嗎？阿索。」

「我不是這個意思，阿泰。」

「好的。」他說，「你有一個工作倒是幸事。」

「我討厭教書的工作，教人什麼，教人什麼的，十分無聊。」

「我瞭解，阿索。」他說，「你不是恨教書，只是不同意他們要你做的那方式，是不是？關鍵在這裡。」

「你說的對。」

「還有別的嗎，阿索？」

「沒有，的確是那方式我心裡不同意他們。」

「假如你能找空去釣魚就好了。」

「為什麼，阿泰？」

「假如你去釣魚，你就會發現人類是這個自然界中最卑鄙無恥的動物。」

「就為了證明自己是個騙徒嗎？」

「然後從這一點去延伸。」

「我一向都不能夠徹底地去思索。」

「因為你自恃聰明，阿索。」他說。「你記得小學時候的張老師說你是絕頂聰明嗎？但他又說假如你有深一層的研究精神就能成個天才。」

「我恨他說那話。」余索說，「我現在可不那麼聰明。」

「假如我能在那時活得久些，我也許可以給你做個更好的榜樣，請你多瞭解些事物。」

「譬如什麼？」

「譬如價值判斷。」他說。

「怎麼說？」

「你記得嗎？有一次我用小喇叭吹奏〈藍色探戈〉那個舞曲，那曲子很長，記得罷？那時你站著看我一面吹一面流下眼淚，記得嗎？」

「是的，阿泰。」余索說，「好像有什麼事在那個曲子裡。」

「沒錯，有什麼事在那曲調中。」

「然後怎樣，阿泰？」

「我儘量支持著自己不倒下來，我到盥洗室去，拉開喇叭嘴，從裡面倒下血水來。」

余索直望著他的兄弟余泰。

「你不記得在最後那段時日我過得很平靜嗎？」

「我記得，的確如此。」

「因為我知道離死不遠了，而且指日可數，那時我有空就去釣魚，你不記得嗎？」

「我完全記得，阿泰。」余索說。

「以前釣魚是為了得魚；」他說，「後來是為了釣我自己。」

「你對那魚憐憫嗎？阿泰。」

「那魚被拉上來時，我感覺心痛。」他說，「更早些我會為獲魚而愉悅像個卑鄙的人。」

「你釣到自己了，阿泰，是不是那樣？」

「自然的真理常由物我的領悟來證明，不是嗎？書呆子。」

「確實是那樣。」余索說，「我還記得……」

余索的話被打斷。

「記得的事多了……宇宙是無極的。」

「告訴我，阿泰。」

「但生活是無比真實的，否定它是悲慘的，現在你明白了嗎，阿索？」

「我算觸到了。」余索回答他。

「你書是讀多了，阿索。」他又說，「但生活才是貨真價實的知識。」

余索又不由自主地哭泣起來。那時他感到他的兄弟的手臂繞過來抱著他，於是他放任地倒在他的心坎上大哭一陣。

當余索抬起頭來，發現晨曦由樹林間透過來。他抽抽泣泣地慢慢站起來，放眼西望，那家旅店就在山坡下。他仍由那敞開的後窗跳回寢室，然後蒙被大睡，直到晌午他醒來。他離開旅店取道回家，在車站有婦人求售二十世紀梨和蘋果，余索買了些手攜上車而去。

貓

——Something in them seems to die.

有晚他在睡眠中被一陣魯莽著急的跳動和抓門的音響擾醒。什麼鬼怪來訪，李德疑問著，審慎地辨聽傳來的聲音，像是為了饑餓或為了激情的原故，牠發出極為恐怖的咪吼。當李德毫無動靜地躺在床上時，牠的叫聲轉變成傷心的乞憐。從那微弱而延長的叫聲，李德斷定牠只是一隻無助的小貓。就是人們常說的那種讓人憐愛和撫摸的無害的小東西。他沒有起來為牠開門，因為李德深信自己的信念，很快地又沉入睡鄉。

他來到這鄉村已經住了一些時日，房子十分簡陋，臨時在院子搭設了一間小屋做為盥洗室，他起身很早，總是在太陽升起天亮的時候，因為他必須步行三里路到工作的地方去。李德走進盥洗室，裡面灰灰靜寂一如往日，他伸手到一座舊櫃上拿放在那裡的牙刷，眼睛迅速被一團橘黃的毛皮吸引住。李德仔細地看牠，牠其實有著細條的灰紋間隔著那片發放的黃金色彩；在這樣的早晨一切灰色的事物均為時辰昏蓋，但這使李德較有時間來辨認那是一隻貓。牠的頭部埋在前肢裡，斜側著臉，僅能看到的那隻眼睛密閉著，與那蜷縮成球狀的身體構成一種慵倦疲盹的姿態。牠睡在一個丟放布塊的紙盒裡，盒子的大小也正適合牠的大小。

「你能找到這個位置證明你並不笨，小貓咪。」

李德沒有摸牠，他的脾氣不喜歡隨便打擾別人，雖然牠是一隻動物，如人們常說的可愛的小貓。他為了讓別人能尊重他常能先尊重別人。當他一切刷洗完畢，牠還未醒來，既使有時他必須按下馬桶的水，那聲音可算小型的萬馬奔騰，但牠似乎沒有任何顫動，這樣忍得住的模樣的確有點像李德平時的為人。

到此為止，李德還未想到牠侵犯了他。

午後五點鐘李德由工作地回到家裡，他很少變動日常生活的行表，他在這個小鎮沒有朋友，當然也沒有什麼玩樂，他是一個度過了青春的中年人，一切對他而言已經都算過去，他慶幸自己已經沒有火暴的血氣，像哥德所說的感謝上帝熱情已離我而去。他回到家開始睡午覺，雖然遲了一些，但為了晚上的閱讀，必須讓身心都休息一下。

當他躺下來閉上眼睛，覆蓋裡的影幕不是黑色的，而是金黃色的，好似昂頭閉眼朝上太陽，然後黃色間有細紋的銀絲躍動，像波浪的弧線。他奇怪這是怎麼一回事。之後，他記起來了。當他最後離開吳曼之時，他們在一處沙灘相處了整個下午，他泡在水裡時大部份是在盤算要以怎樣的方式和她分手。在那時，他覺得必須恢復孤獨的生活，因為俗尚的生活已經就要窒息他了，那種生活對他顯得無聊和虛偽，使他對情愛或友誼都產生懷疑。他從浪潮裡起來，注視正躺在太陽傘下睡著的吳曼，她是個美麗的女人，穿著米黃有灰銀色橫紋的泳衣，她的皮膚事實上已經為太陽光曬成赤色，看起來像是赤裸在自然界中的動物，他沒有叫醒她，悄悄地拿起衣服離開那裡，邁向他計劃的日子。

這件事只花了十分鐘的回憶。他沒有睡去，其他大部份時間便是在內心為這件事的道義問題重做一番辯論。直到站在自我的一方較有理由時，他心態平靜的坐起來，準備簡單的晚餐，然後坐下來一面吃一面聽看電視上的新聞報導。

這是某年的初夏，已經過了端午節，但節日對他已失了意義。因為提倡節約日光，下午七點鐘外面還留有陽光，但他不太留意黃昏是什麼樣子，就像在他所想做的事中，就是不做現代式的詩人；當他們在裝束著自己的現代感時，他認為這是人類另一蠻荒的開始。

李德翻開書頁不久，牠來了，聽到牠咪咪的叫聲，透過紗門看到牠低頭徘徊於院子的花盆之間，然後走近紗門用肢爪抓著爬上了一段，當牠從半途掉下來時，李德看到牠在地面上翻滾了幾圈，牠很小很瘦很孤單，再度發出叫聲時使李德的心靈彈抖了起來。

李德從冰箱捉了一些剩飯放在一個小盤子裡，加上一點碎魚肉來到院子，牠看到李德時羞澀地迴避一下，李德叫牠貓咪，把盤子放在地面上，牠轉身回來，低著頭走近盤子，伸出舌頭舔著飯，然後吃起來。李德回到屋裡，再從紗門看牠時，牠已吃完了最後的一口，掉頭走了。

牠的記性很好，第二天黃昏牠準時來了。李德這樣款待了牠幾天。每天早晨他都同樣在盥洗室的紙盒裡可以看到牠的慵懶的睡態，但他不知道牠什麼時候醒來，跳下來離開去做牠一天的遨遊；當他照常去工作的時候，事實上他並不關心牠，他與牠保持著淡淡的距離，就像他與別人所保有的距離一樣。

到此為止，李德還未對他自己的憐憫心感到卑惡。

有一個星期天下午，李德坐在門邊乘涼，一面觀賞電視播映的長片，突然院子裡的一個物體從屋簷急行跳落的聲音打斷了他，一個小花盆從架上被碰倒也翻落在地面上裂開了。他常勸告自己不要讓任何事物的變遷影響到寧靜的心態。他看到院子裡發生的事的確只發了一聲極輕微的嘆息，好像他明白早晚有一天這事必然會發生，現在只是讓他親眼看到罷了。他一面繼續看電視時，一面想，損失的是花盆和花，它們的運氣太壞了，那隻貓並無意要那樣做。

「但假如牠是有意要引起我對牠的關心呢？」

他注視院子的景象，以及那隻小貓事後在其他的花盆間走動偶而叫著咪嗚，李德這樣反問自己。

「是的，牠是這樣的，你中午並沒有把飯和魚放在盤子裡，早晨牠醒來時也沒有早餐，牠是十分弱小的，不習慣於市井間到處覓食，何況現在垃圾都在大清早就被拖走。在現代的生活裡，牠只能依靠著一個固定的人家才能活命下去。牠心裡是有著一個願望的，想進屋子來，從此自由進出，要人家的關懷和撫摸，吃得溫飽，有一個較好的睡眠的地方，總之，想成為家中的一員。

「而你，李德，始終顯得很冷淡，僅僅只有晚餐的剩飯的分享，難道不褻瀆到你們人類的同情憐恤之心嗎？」

「李德，你不懂時潮的愛好嗎？每個人家不都是養著貓養著狗嗎？獸醫是一門新興而蓬勃的行業，有替貓狗洗澡和看護療養的地方，有替貓狗服侍的人，貓狗的主人寵愛它們甚於一切，親自烹調親自餵養，這一切你都不知道嗎？你像一個現代人像一個愛護弱小動物的人嗎？富於人性視動物為同類……」

「且慢，視動物為同類，這是一個論點，雖然我不是喜好辯論的人，尤其不願做無謂的辯論。這是我生活和別人疏遠的主要關鍵，因為我最不喜歡挾知識而強詞奪理的那種人，也不喜歡以時尚為由想嚇唬欺騙別人的那種勢力鬼，當然我更看不起跟著人家的尾巴擁戴權威的蟹兵蝦卒。當對一項真理做辯論時，明顯地蒙昧良知，以人海戰術圍剿著孤立的對手，這也許可算是人道主義啟蒙至今的一項驚人的發展。所以我不願再說什麼，去除一點人性的虛榮慾望對我並非不是一件壞事。」

那晚李德並沒有像前日一樣為那隻小貓添些剩飯和魚肉。但當他走到院子為盆花澆水時，牠在李德赤裸的雙腳繞來繞去，用牠的皮毛磨擦著他的腳背，模樣顯得十分刁滑。他起先並沒理會牠，但磨擦使他感覺難受時，他會輕輕撥開牠，但他絕不用力傷害牠。睡前，李德又到院子來做軟身操，牠照樣地來纏擾他，牠的身體裝得很挺硬，使他覺得極端不舒服和煩厭，李德用腳撥開牠，並對牠說：

「走開罷，小貓咪，找自己的玩樂去。」

突然，牠張嘴咬了一下李德的腳跟，牠的舉動使他嚇跳起來，他可以由皮膚而感覺到牠的細小的利齒的尖銳。

他捉到牠是很容易的。不知有多少年代的遺傳，牠深知人類對牠的寬大和讓步，甚至視人為牠的奴僕，終究造成牠目前依賴人類的濃厚意識。牠以為李德在牠的發嬌之後會臣服牠懷抱牠，他是蹲下來抱起牠，可是他並不走進屋子裡給牠晚餐，而是走出外面，準備在一個偏僻的角落丟棄牠。

他想：「到目前為止，我的行為所可能遭到的誤會是沒有必要馬上加以解釋的，我想是有某些人家會喜歡牠，牠看起來又美又漂亮，為何不祝牠的好運呢？雖然依我慣例的想法，這並不是很妥善的處理，也不是我的思想中的根本解決。時機未到，對牠而言，要領略我與牠之間生命的問題，是需要逐步體會的。」

拋棄之後，李德回來感到心身清爽，從冰箱裡拿出葡萄酒倒了半杯，一口飲下，然後躺下就眠，竟然一覺到天明。

翌日他走進盥洗室眼見到牠依然在紙盒裡安睡時，並不覺得煩惱，像他第一次看見牠時一樣，心中感覺牠的出現只是上帝將要他去做的一項小小的使命，從牠似醒非醒的癱軟的睡姿，牠似乎心中有數。

有數日李德到外地去旅行，他完全把牠忘掉了，回到家時他才看到牠蹲伏在門邊的陰影裡而覺得有些意外。牠看到李德，垂低著眼簾顯出很喪氣的神色，李德心裡所浮起的回家的喜悅並不為牠所接受，牠帶著埋怨的表情緩緩地走開。「我和牠之間真有點像一對不太和樂的多年夫妻，」李德想。大家保持著一種冷默和憂怨的情緒，不僅是貌不合，也神離。

黃昏時李德到院子來看花，在葉瓣下面發現了牠，他和牠四隻眼睛交視在一起，互不相讓。

「你要知道，小貓咪，冷默不是我的本態。」

「那麼是什麼？」

「而是我對世態的反應。你應知道我內在……」

牠吼叫了一聲，對李德生氣地張牙露齒。

「狗屁！沒有人會相信你說的話。」

「讓我們之間好好說個明白，我不願和你長此下去，這樣的狀態絕不是自然的意志。」

「你只不過是個吝嗇和無情的人罷了，你甚至連為我取個名字都沒有。」

「你是隻小貓咪還不夠嗎？」

「不夠。」

「你知道有個名字是想在世俗中行貪婪的最初姿態。」

「我也知道你的下一句是親密本身是意圖在某種機會中行詐騙。」

「沒有錯。」

「我可憐你甚於你可憐我。」

「問題是你並不聰明。」

「怎麼說？」

「因為你竟墮落得要人眷養你，利用人類的弱點違背自然賦予你的本能。」

「那麼你要我怎麼樣？」

「我不在乎有別人愛你，喜歡你，餵養你，我希望你離開我，不要讓我看到你，聽到你的叫聲。」

「那麼為什麼你要在那一晚第一次叫我餵我？」

李德的心坎似乎猛受了一記。

「那是我的錯，不過……」

「不過什麼？」

「你並不自愛，在某種有限的條件下我可以忍受，像把晚飯分享給你，一天也只有這一餐，再多我也不能，我生活也十分節儉，本質上我仍然是靠勞力賺取生活的人，而我的勞力總是有限，我沒有剩餘。但這一點並不是主要的，事實上是你使我漸漸要去關心你，我怕日久成為你的奴隸，侮蔑到我的自尊。」

「難道你現在不願償報你的錯誤嗎？」

「我可不願繼續下去。」

「可是水已成河，你如何堵塞呢？」

「這正是我想到的問題，徹底解決你我的這層不息的關係，我再說我不在乎有別人愛你……」

「我不願走。」

「為什麼不走？」

「就是在這裡餓死也不走。」

「為什麼？」

「維護我的貞節。」

「貞節？」李德感到詫異。

「這是重大問題。當你第一次叫我餵我時便建立了我的生存形式，我依這最初的形式永恆不渝。」

「這是狡辯，沒有任何意義。」

「當我降生下來母親丟棄了我後，我流浪再流浪，沒有人叫我，沒有人餵我，直到你叫了我餵我，終於我有了家和歸宿，而這種關係自古以來成為歷史的不變法則。」

「這種法則事實上是一項積弊，我不能沿習它。我不能承認這種依存關係，而使你成為某種階層形貌，我變成另一種階層形貌。我也許不反對我們同住一屋，但你能在清晨同我一起起床，在日光下共同努力，日與繼夜為一種理想奮鬪，共織一個相通的理念，你能嗎？不，你懶睡到中午，你甚至不能為我做些事，驅逐屋頂上的老鼠。我們形成不同的類別了，你明白這一點嗎？」

「你要知道我是一隻貓，別的什麼都不是。」

「我是一個女人，別的什麼都不是。」吳曼也這樣說過，當她和李德爭吵時，而李德總是這樣提醒她：「妳不記得我們同在高中讀書的時候背過一篇英文，其中的一段，母親對她的孩子說：

「People, too need to work hard and to struggle. They become stronger and better when they work, if things are too easy, people become weak. Something in them seems to die.」

李德中肯地說：「貓也罷，狗也罷，人也罷，同樣是動物，只要願意同樣都能領略上帝的意志。在此刻，你隱蔽了自然的本能，忽視生存的使命，你變成永墮地獄的魔鬼，披著美麗的外衣，遊蕩招覽於街市，蠱惑人類，傲視萬物，悠遊而神祕。」

牠咪嗚傷心地叫著：

「我是一個弱者——」

「讓我使你恢復成一個強者，最起碼要照顧你自己，無論是物質或精神，你都必須去自我尋找。在物質方面沒有人會分享給你；在精神方面，也沒有一個現成的上帝讓你膜拜，你痛苦也好，快樂也好，都是你自己的事，這樣是最公平的。」

李德把牠從花葉的蔭影下抱起來，把牠放在一個手提袋裡，走出市鎮，涉過一條河流，到了一座山林裡。他把牠捉出來，放在地面上，牠半蹲著身軀，四周環望，顯得異樣的驚慌。

「去罷，小貓咪，去找回你自己。」

李德往回路走時，牠尾隨過來咬著他的褲腳。

「請帶我回去。」

「你對我沒有用處了，我們該斷緣了。」

「我會為你追殺老鼠。」

「你能嗎？」

「讓我先長大。」

「我從未見聞過現代的貓有咬老鼠的本領。」

李德自顧往回走，沒有看到牠再跟隨回來。但當他抵達河邊時，才看到牠從上游的地方沿河水直奔過來，牠衝躍到李德的身上，李德毫不憐惜地把牠打落在沙地上。牠躍起來想再攻擊李德，但他已經急速涉水過河。在對岸李德回頭觀望，看到牠抬高著頭顱倚望地站在水邊，那樣子也許十分令人心慟，可是李德並不去想像如許之多，轉身只顧回家。

到此為止，李德想，一切都已做過徹底的解決了。
物與我本身是兩相渺茫，不互相屬，這種想法一直在這段歲月支持著他，使他獲得莫大的平靜。

他依然照常在日間去做事，傍晚回來，晚上閱讀，無虧無贏，心安理得，不覺日子之流逝。

之後，在一晚，像最初的一晚一樣，他被叩動和拉門的聲音擾醒，又是什麼鬼怪來訪，李德疑問著。

「是誰？」

「是我，吳曼。」

「貓咪，真是你？」

「不錯，李德。」

他開門讓她進來，然後殺了她。

大榕樹

一

那天黃昏日落之後，我開始掛慮母親為何還沒有回家，大地的昏暗使我有無依和懼怕的感覺。她回家的時間並沒有一定，但從未拖到這樣遲；她通常在我午後放學回家準備洗澡和晚飯的時候回來。姐姐月霞將飯菜由廚房端到廳堂的桌上，我對她那蒼白缺少歡悅的臉瞥視一眼，她比我年長五歲。青綠色的空心菜裡疏散地參雜幾片焦黃的肥肉油渣；水洗過後的蘿蔔乾扭成螺絲釘的模樣擺在一隻土陶的粗糙盤子裡，飯鍋裡黃色的番薯半浮在乾白色的稀飯層面。這就是我們一家人的晚餐，母親和月霞和我。我們經常吃這種簡單的飯食，但並不是天天餐餐如此，有時盤子上有小魚乾，節日時也有三層肉。我不喜歡吃肉；我由衷地憎恨肉食。所以我的身體非常瘦弱，幾乎只有一張皮包著骨頭，細長的頸子豎著一個大頭顱；任何人見到我都用憐憫和輕蔑的眼光注視著我；同學們都笑我不均稱的模樣。當我隨著爬上木椅俯在餐桌上，月霞警告著我說：

「要等母親回來，大頭。」

我回應著：「母親說過可以……」

「我說不可以。」她生氣地威嚇著我。

母親的確說過這樣的話：要是天黑我還未回到家，你和月霞可以先吃晚飯。但她總是在黃昏時分就回來；早晨她在我上學後離家徒步到我所不知道所在的農村去買雞，天黑之前再由那些我不知道有多少距離遠的農家轉回來。

「我餓了，月霞。」我說。

「我知道。但你可以學學表現一點孝心等候母親。」她說。

我迅速離開餐桌奔出屋外，站在路旁觀望左右寂寥的街道。那裡電桿上的一只小燈泡投下黃橙的微弱光線照在不平坦的路面，那些散亂不齊的簡陋房屋顯出暗淡和缺少情趣的氣氛，黑暗的屋角處有許多搖動的陰影。我害怕黑暗和孤獨。我面朝一棵路旁的油加里樹審視，它高聳而陰森的形姿灰黑地與我凸立相對。我害怕黑暗和孤獨。當我走往那條漸漸伸進大地黑漆的口腔與街尾相連接的牛車道時，看見在霧灰的盡頭有一間低矮的小廟祠靜坐在道旁，它的孤立的形貌所意味的神祕嚇阻著我停步。我站住在那遙望這個世界所顯露的灰薄幽暗的景象，心中存著懼怕和無上期望所混雜的情緒。那時，似乎已無人會從那裡經過，白晝牛車的轆轆聲響已消失沉寂，夜幕像是一件巨大無邊而浮厚的無形衣裳裹著我顫抖的身軀。

之後，一個小的人影從那望不透過的灰幕由淡而漸黑地出現和逐漸放大，她的腳步搖動著一襲過膝的長裙，赤裸的雙腳交疊著且踢著飛揚的沙粉。傳統上衣的款式使她顯得平凡和保守，肩膀前後斜斜地挑著垂到膝蓋的兩隻竹籠。那是一個十分忍耐和疲憊的形象，是個身材不高的瘦小婦人。當我快步奔向她時，她沒有半點激動，依然穩定著氣息，不慌不忙與我相會。

「媽媽！」我喚叫著，眼眶含著欲落的淚水。「為什麼這麼晚？」

她的臉頰和嘴唇微顫動，眼睛充滿了憂鬱。我立在她的面前直視著她時，她的臉面上出現淡薄而慰藉的神采，這也足夠把我先前壓抑的情緒完全打消。我走在她的身邊，沒有在前面阻礙她挑擔前進。突然她嘆息而傾訴般地說：「今天我走了不能數計的長路。」我們一面走一面互詢著白晝間經過的情形以獲得關懷和瞭解。

二

那晚我在睡夢中被搖醒過來時，從未看過母親的臉如此的憂患和焦急。她急速地催促我：

「大頭啊，快爬起來！」

我躍起上身，莫名而睏頓地坐在床上。

「快下來穿衣服。」她又說。

「什麼事？」我問道。

「陪我到愛哭寮去。」

「為什麼到愛哭寮去？」

「有一隻雞病了，」她解釋說，「恐怕活不到明天早晨，現在要快點把牠送回農家去。」

我不知道那時是什麼時辰，泥土壁上除了吊掛著母親專用的斗笠外，沒有任何表示時刻的東西。但是在明亮的屋裡那時也能感覺到外面是深黑幽寂的世界。我曾看過父親有一只銀白色鍊條的圓型掛表，但他在逝世之前連他只有在特別時日穿著的咖啡色西裝也一起拿到城市當掉了。母親追念往昔的時日時說過。我跳下床穿好衣服，站在角落的尿桶小解，然後到廳堂猛飲了一大碗的冷開水。

「媽，妳知道那隻雞是那一家的嗎？」

我突然關懷地問著她道。

她似有所感觸地注視我，並說道：

「知道，我知道。」

當然她會知道。不論是雞的雄雌，斤兩和羽毛的色澤，那一隻是從那一個農家買的，她完全記得清清楚楚。她在白晝的奔走中大約可以買到十隻左右的雞仔，當轉賣給城市的雞販時利潤並不高，要是病死其中的一隻，便會造成嚴重的虧損。我已經不是一個完全不懂事的無知笨蛋。在深夜裡母親叫醒我，準備把一隻病雞送回農家，可以料想當我在睡眠中她已不斷關懷那些買來的畜牲，對每一隻買來的雞仔都已做了仔細的觀察；她一定時時從床裡起身走到竹籠邊察看，有任何一點異狀，必會被她察覺，且受到她細心而妥切的照料。

在她做這項生意的早先時期，有一度在清早發現一隻倒下不起的雞仔，她從竹籠裡把牠提出來身軀已經僵硬，她異常驚訝，感到非常的痛心和難過。因為這種損失總要好幾天的辛勞才能彌補回來；這種小生意完全不能遭受那種近似無情的打擊。從此，她在向農家購買時都先加以聲明：要是雞仔有什麼病態希望能夠退還。母親是小鎮上唯一做這種生意的女性，她的勤勞和誠實，以及家境的貧困均為人所清楚，對於她的這種要求特別受到農家人的承諾，除了少數的例外，大都對於她的購買條件加以同情。

她已經用一條紅花巾把那隻黑羽毛的病雞綁好，用一隻手臂把牠托抱在胸前，像擁著一簇玫瑰花朵。她叫我從木櫃的抽屜取出手電筒，試推著按鈕打出亮光來。母親交待月霞某些事時，我又瞥見她那蒼白而恐慌的臉一眼。然後我和母親脫掉木屐走出屋外，月霞在我們身後把門關上。

「有月光。」

我抬頭望著中天懸掛著的薄薄蒼白的眉月說道，冰涼而新鮮的空氣在街道流竄著，一隻白狗從街頭看見我們急速地奔過來，停在數十尺外對我們吠號幾聲。尖銳的石頭和瓦礫刺痛著我的腳底，我第一次特別敏感地像似置身於奇異的地域。朦朧沉寂的夜景使我感覺我們的孤伶的存在。我們走到街尾步上沙粉鬆軟的牛車路時，母親安慰和鼓舞著我。

「明天，我們必須要有一雙布鞋子。」

但那時我已覺得那道路柔軟舒適。我知道剛才走在硬石子路時的刺疼感覺完全是夜晚的緣故，好像第一次在地球的表面走路；即使在白晝赤足走慣的腳，在深夜中亦有新奇異樣的感覺。夜晚和白晝是多麼不相同性質的兩種世界。

我腦中不斷湧現著白晝生活的樣態：陽光普照的世界的景象，遠山清晰而近物明亮，小鄉鎮節奏緩慢且顯得有些懶散的疏落的音響。現在被這夜晚沉寂的巨響刺戟和對比。白晝與黑夜的交替使宇宙顯示著它真實的立體的面目，使大地在不斷的時辰中劃分出呈現與隱沒，活躍與休息的光和暗。

我們接近那座路旁的小廟祠時，母親把我拉近身邊，用她空下的那隻手臂挽著我的一隻手臂。那一帶有一排林投樹形成了一大片黑漆，我打亮燈光，她囑我不可四處亂照，只需照亮行步上的路面。

三

在寬長的南勢橋上我似在品識夜景。我又抬頭凝望半隱在天際的小小彎月，橋面上徐流過從海面帶來有濕氣的冷風。幾顆稀散在天面各處顯得蒼白削瘦的星子射出失去色彩的光鬚為眨動的眼簾擋住。我回憶真正的夏季在晚餐後坐於庭前觀睹的滿天星斗。但那時是春末夏初，梅雨過後不久，天色總是憂悶灰濛難晴。橋下一片灰暗猶似步履深淵；橋面堅硬灰潔似在雲冰上橫渡。舉目所望像一張輕描在粗糙的褐色紙面上的鉛筆畫。除非親身走過，難以瞭解如此景緻所含蘊的意義；它似是時光中的一段曖昧的短暫時辰，但那時感覺將會漫長恆久；像似時代變更中的過渡日子，我心中常常感覺和充滿說不出的沉悶和憂鬱。我清晰地聽到四面八方所回傳到耳朵裡的四隻赤腳交錯在橋面的拍拍音響。

我們不再相挽著手臂，卻並排同速地走著。讓人深省潛思的大地景象，一定是屬於成人的，屬於母親，與他們的生活相符諧調。不僅是如此，那時它亦屬於我，屬於萬萬千千的兒童。母親的憂鬱造成我的憂鬱，她沉默不語。平時在家會對我嘮叨的她已為夜晚的暗影刻劃得異常憂思的樣子。我疑惑著為什麼一切都呈現沒有生氣的灰調，無論是樹、泥土、石頭、房舍，甚至天上的月亮和星子亦是白而灰。當所有的事物的層面是灰色的，那麼所有事物的形態可能是可怖的。這樣的世界使我覺得有一種驕傲：那是和母親走在一起所具有的同命意義；不但意味著我依賴著她，亦喚起我與她同時邁進的責任和義務。

然後我們走在一條漫長無涯的荒涼的公路上，石子泥面很寬大，兩旁站立著一株一株高大的木麻黃樹。我感覺腳步踐踏著濕潤的細草。我們快捷地行過那些樹下，猶如兩隻懷著懼慮奔過森林的瘦小動物。道路先是平直，之後轉彎上坡。在那路邊下方的草叢裡，我諦聽到蛇類或其他爬蟲的窸窸的響動。每走過一棵樹，就像是通過一位使人懼怕的具有無上威權的人物的監視，他們的形態和我們的沉默之間意味著激烈的爭辯。母親曾受到鎮上驕橫的男人的輕薄的侮辱，因為無人主持公道，她憤而操起如此辛勞和孤絕的工作，做為昭然的抗議以勤勞表白貞潔。當我睡眠時依偎在她的身旁，我曾問過她這個問題。

「我長大可以去報仇嗎？」

「向誰報仇？」

她以憎惡和不高興的眼光看著我。

「他們，」我說。

「我們與人沒有任何仇恨，凡事天會做主，你真像是個最傻的孩子。」

不過有時我看她真是頗為憂患的女人，但我相信她有一顆樂觀的心；即使她在傷心哭泣的時候，面孔亦是楚楚動人的。她常常對我談及父親的往事便禁不住淚流滿面。因為她的美麗，也使我被老師們稱為清秀的小孩。我的童年從來沒有離開過她。我從不喜歡跳躍、結夥、奔跑，以及舞動竹棍摹仿一般小孩的遊戲；我喜歡在紙張上臨摹各種圖形；這樣我又被老師們稱為孤僻的小孩。在我十歲的時候，我能畫出全張大的中國地圖，並加以分省彩色，而獲得與我家有往來的農夫的讚賞。但我不願吃肉類食物使母親非常不愉悅。漁夫偶時在近海捕獲到巨大的魚，有一次他們圍捕到一條受傷的沙魚，牠被形容有戰鬪機那麼龐大，牠被數條船合力拖上沙灘，背部留有幾隻魚叉，牠在那沙岸上被肢解開剖，鋸下一圈一圈的肉塊挑到市場來販賣。漁夫在牠的肚腑內發現到人的骨骼，指骨上還完好地套著金戒指。這個消息馬上傳遍全鎮，在學校裡掀起小學生們熱烈的議論，許多人為此放下工作奔到海灘去觀看。當我背著書包回家，走進廚房，看見鍋上煎著一片赤色的肉塊時，我流下了眼淚。母親無論對我如何解釋都無法平息和安慰我，最後失望地說：

「你將來最好去做和尚。」

我唯一喜愛的食物是青菜、水果和糖果。我唯一深愛的是母親。我和她睡在同一張床上，撫摸她的身體，但她在一整天的辛勤之後，只有靜靜地躺臥著，顯得十分的冷淡。

那時我們步上坡頂之後，前面視野展現著一個寧靜得令人窒息而要發出驚呼的景象，距離百公尺遠，一棵巨大無比的榕樹，形象怪異的枝葉以覆蓋和攫取之姿垂俯著道路。在那灰濛濛的景緻裡，它獨有著濃黑的色彩；在那屏息的沉寂的大地上，它卻具有欲欲活躍的顫動，在那無聲的空間，由它傳來悽悽的悲吟，混合著怪異而冷酷的笑語。我似乎看到在它的濃蔭下浮升著一個白色的形體，帶著報復的眼光等在那裡，凝視著我們走近。

「大榕樹。」我說。

「是的，我們靠另一邊走。」

母親拉著我的手臂走到與它相對的路邊。我們又再度雙臂相挽著，有如一對行走中的愛侶。

我想像它茂密的枝葉在白晝中一定遮住強烈的陽光，投下大片的蔭影；在雨天時，它像是一座巨傘；而在深夜裡，它凝聚著空際中幽靈的碎塊所組成的純白形像於它菇狀的覆蓋下。我深深懷疑我的清醒的眼睛，細聲地對母親說：

「那裡站著一個人。」

「聽我說，」她嚴正地警告我，「不要去注視，他是不存在的，只管低頭行走；走過去後聽到背後有什麼聲音，不要回頭看，繼續著走。」

四

黎明時，我們才從農夫家裡轉回來。再路過大榕樹，有數個人站在樹下，其中一位頭戴碗形紅帽的道教天師在那裡舉行簡單的超渡儀式。我們只觀望片刻，看他們把粗大黝黑的樹幹圍縛著一條紅布。回到鎮上，母親帶我去買布鞋，我穿著它們到學校去。這是我有記憶的生命中第一雙鞋子。中午在餐桌上有煮熟切片的豬肉，母親鼓勵我吃，月霞夾了一塊放在我的碗裡，當我放在嘴裡咬嚼時，我看見她在笑。我後來聽到人說：有一位騎腳踏車夜歸的農夫經過大榕樹時，樹下站立的人物要求他載她，然後跳上他的車子後座。那位農夫驚慌失措，狂奔到家倒在門口，後來纏綿病榻數月。我想母親早就從那些十分迷信的農夫們之間聽說過這件事，但是她從來不會對我和月霞講述這類離奇古怪的事故。我很感激她那晚叫醒我，讓我陪伴她到愛哭寮的一個農家。我幾乎為這件事在心裡永遠懷著一份喜悅，它在我童年的生活中是個永不會從心裡磨滅掉的象徵。就像我們曾經面對而且終於度過去的那段受侮和辛勞的日子。時代終於改變了，就像翌日清晨從農家轉回來時迎著明亮的陽光；與其說為交通的需要，無寧說是心靈的解放，它被挖倒和鏟除了。

德次郎

在我們記憶裡那段日子是很慘澹而帶有歡笑的，在一整年當中也許只能見到塔庫幾洛一次或二次他那殊異的身影和面貌。我們不知道他確實定居何處，這樣說也許是對他甚不恰當的說法，他誕生在此地——我們的小鎮中的一個角落無疑，但他成年後居住在那裡就沒有人清楚；他隨著緩慢的火車由南至北奔走浪蕩。他回來時是在肅穆的黃昏或在清新光亮的早晨，出奇不意的出現吸引人感到驚異，而無法一眼瞭解他那浮腫和黃色病容的持重態度，他那沉靜近乎智慧的外表，以及對答如流的粗野詼諧和知識，而不會過份輕視他那短小頻臨腐敗的骯髒軀體。許多在日據時代出生的人都有著一個日本音的名字。塔庫幾洛的意思就是德次郎，「喂，塔庫幾洛！」人人這樣呼叫他，誰都認識他，比什麼大人物都獲人緣，就像是習慣稱兄道弟的朋友。帶著玩笑好玩的意味叫他：「塔庫幾洛」時，他太忙於應付周圍無聊的人們的問答，只能幽默地給你一種透識你的眼光。可憐的塔庫幾洛的眼皮快爛掉了，但仍有一道頗富狡慧的光亮。他下火車時人們就像迎迓著一位侏儒國王，於是到處傳呼著這道消息——「塔庫幾洛回來了。」或「我看到塔庫幾洛！」，帶著憐憫和關切的歡欣，聲音瀰漫在多塵的空氣裡，這與呆板的世俗生活違背的親情充溢在街頭巷尾中。

他多少歲次對塔庫幾洛本人來說是毫無意義，對我們來說也毫不重要，只要他仍然存在就好。這種問話（看到塔庫幾洛的人沒有不這樣問）也自行消失在發問者一時激動的空洞的關懷的荒謬中。他是誰的兒子？是那一個女人所生的？誰能回答呢？但沉默是一種確確然然的回答。可是誰也不能否認塔庫幾洛是我們小鎮的人；那一個人膽敢否認他不是誕生在這片土地上？現在我們只能感激他活在我們生活的世界裡使我們的思想和感情產生沸騰的跳躍，引發我們慵懶和憂鬱的內心綻出笑聲，在許多年前有這樣的說法：街市裡中藥房的李仙曾親自機密地懇求塔庫幾洛，只要塔庫幾洛答應不以那襤褸的模樣到處流浪，就可以住在他高建的舒適的樓房。

「是的，我來住你的家裡，你將給我什麼？」塔庫幾洛說。

「塔庫幾洛，你要什麼都會有。」

「我還是不知道確實我會得到什麼。」

「一個人除了吃住穿還能奢求什麼呢？」

「總還有一些心底裡說不出來的東西。」

「只要我能力做得到，總會讓你獲得滿足。」

「你不以為你所擁有的，與這個世界比較之下顯得貧乏嗎？為何我要放棄在這世界的自由行走而受你的監護呢？」

「塔庫幾洛，我懇求你。」

「為何你當時不懇求我的母親。」

當我們目睹塔庫幾洛坐在河岸的沙地上用石塊搥擊自己的胸腹而不致重傷死亡時，都感到猶如是神蹟。他整夜躺在黑漆的河床哀號，誰都沒有膽量接近他去勸阻。第二天清晨有人親見到他從容搭火車離開。他開始在那些吵雜而污穢的車廂裡行乞度日，當他疲乏睏倦時便躺下來睡眠，無論在那裡，或是晝是夜。

一旦他離開了小鎮，我們幾乎馬上就把他忘得很乾淨；塔庫幾洛是個沒有看到本人他是無法憑空去談論的那種人，即使見到他也不容易去描述形容他。所以他在我們的記憶裡是一具形象怪異醜陋的幽靈，平常不隨意浮升到意識的表層。可是總有一天會突然邂逅到他，當他回來時，見到他的影像模樣就會將我們心存的記憶一一翻轉掀到當前，無法拒絕他展現出來帶給我們的喜笑的靈感。他是天生的滑稽家，塔庫幾洛，在他君臨的一刻馬上把我們的規矩的生活搞亂了。

記得罷，有一次他沐浴在夏日的海洋中……。不知是誰惡作劇，或是他自己意願，當他步出火車站後，就被一羣少年郎簇擁著，他們把他圍得那麼密密層層，在圍外根本看不到他，有人爬到倉庫的屋頂向下望，那時你才看清楚塔庫幾洛是有頭髮的——一簇牧羊人式的垂髮剪得非常糟糕不整齊。然後整羣隊伍越過鐵道朝海岸的浴場前進，他站在潮水邊緣解開衣服，那時你才知道他身上是穿有遮布，雙腳套著沾污的破布鞋，像你我做小孩時一模一樣。但是他們在水中戲水時把他逗哭了，他算起來也許比他們都年長，而他的哭聲卻像個嬰孩。於是有人斥罵著：「放過他，不要再作弄他。」幾個人合力把他從水裡拖上沙灘來，相信他那鼓脹的肚腹充滿了鹹水；他不斷咳嗽，大聲哭號，淚流滿面。隨即他癱軟似地橫臥在沙地上，裝著不呼吸。突然有一個人匆匆不知從那裡抱來一個大西瓜壓著他高凸的肚子，使他又哀呀地躍起來，乘勢抱緊著它，無論如何不肯歸還。

他享受了一整天的免費食物，那時我們才知道他食量驚人。最後的高潮是他們追隨著塔庫幾洛擠進淡水房沖洗。想起這件事實在是太過份了。有人從那低矮的沖洗室跑出來比手劃腳形容他看到的東西，這吸引好奇的人通通擁塞進去。一聲呆笨的轟隆——那用竹片編織敷上泥土的牆壁倒塌了。

那一次是我們最後一次見到他，事後我們常常茫然地望著滾捲的水浪，幻想塔庫幾洛在淺水灘上跳躍避去浪潮衝擊的可笑樣子。那天當太陽沉落海底的時候，大家散開回家了，沒有人對那和我們玩一整天的朋友邀請他到家裡來，就像往日的許多許多次一樣，大家滿足地作弄他過了，便把他拋棄，孤獨的使他留在那裡。有人說塔庫幾洛像個僧人當夜一直坐在木麻黃樹下沒有動顫，半夜時孤零零地搭火車離開了；有人說當大家回去不久，他更獨自步行往南勢山的墓地。後來我們沒有再見到他在火車廂裡行乞，他也不曾再回到他的誕生地我們的小鎮來，傳說他被捉到艋舺的乞丐寮去。而且死在那裡，塔庫幾洛。

隱遁者

隱遁者在晨霧中走出了樹林，他的赤腳落在河岸的沙地上覺得十分冰冷，他看不到沙河的對岸，只能在霧氣中注視到幾碼遠的灰灰的水流。他想望一望對岸的城鎮幾乎是不可能；對著那包纏在灰霧後面的城鎮持著盲者的不著邊際的想像，他想世界是在分秒地進步著，昔時從那走出的地方一定已是完全改變，不再使他識得。他的心迫切地使他走近水邊，且踏入那更加冷澈的水流裡，向前涉幾步，由腳部傳導的寒冷，使他的雙肩和背部堅硬而戰抖起來。深到膝蓋，才覺得水流的湍急。他突然陷落在一個水裡的坑溝，腰部以下都浸在水流裡。在那瞬間，他覺得不能保持身體的平穩，不但是水流的拖帶，而且意識到越來越傾斜的河床似乎潛藏有無數的陷溝和滑石。在那陷落的瞬間裡，他喘了一口氣，迅速地轉身返回沙岸。他駐足望著那依然是灰灰的水面，想像沙河已是一條不平凡的水流。在晨光中流竄的霧氣似在迎衝著他，隱遁者退回到樹林的邊緣等待著。

他升起一堆柴火，準備烘乾潮濕的衫褲，和保持身體的溫暖，然後他靠在樹幹躺著，等待即將為他展開的景緻。隱遁者魯道夫首先看到的是一小塊灰綠色的山頭，隱約地浮在沙河上迷漫的霧氣上方。他凝視著山頭漸漸展現出來的部份，好像在審視一個在往日裡非常熟識的人的現在容貌。他沒有任何的感動，對它的存在有如對自己的存在一樣地感到空虛。但那游動的雲霧，使那座露臉的山頭有一種挑戲的威容，它在用各種不同的睥姿瞟視著隱遁者魯道夫。那是一座每年在三、四月裡長草莓和李子的小山，魯道夫這樣憶著，從學校後面的一條小徑上山，有時能意外看到野兔的奔馳。但這一切都已過去了，屬於魯道夫的事物都已消逝了。看來這座他常逃學去漫遊和躲藏的山丘在外貌上沒有顯著的改變，但它距離隱遁者現在躺靠的所在是如此地遙遠，無法單憑肉眼看到它的細部，於是他舉起吊掛在胸前的舊式單筒望遠鏡，對它加以觀察，而它依然是佈滿著矮小的灌木樹林，有些地方已被開墾來種植番薯。

他放下望遠鏡，眨動著瘦澀的眼睛，顯出懶散的姿態，對著阻撓觀察的沙河的雲霧無可奈何的思量著。就在這面前柴火逐漸弱小，霧氣迅速地移動和不知不覺的緩慢消散中，薄薄的而大都殘缺的城鎮的房舍顯現出來了，它們依附在山腰處，就像是焚燒遺落的舊照片，它蒼白而沉默的樣子，靜靜地等待有人去加以辨識。它像一個死亡的殘軀，沒有半點生息，遠遠地距離魯道夫現在的處境；那些飄游的雲霧，使那斷片忽隱忽現地映在魯道夫疑惑的眼光裡。他收回視線，眼望近前有些跳動的柴火，火焰在這灰色冷濕的早晨，顯示著螢火的色澤，像是赤裸的士女的神祕舞蹈。突然（在他忘我的凝思之後）他重握著望遠鏡，舉向那誘動他的內心的遠景，游離的霧氣向著空際的四周張開成為一個孔洞，使他在望遠鏡的視界裡，呈現出一間沒有色澤的淡白的瓦屋，單純地露著兩扇幽黑的門和窗。在這幾近褪色的視覺裡，他看到一羣急速奔跑的形影，像是一陣掃過的沙石，而不是在街道上無目的追逐的羣童。就在這像是為追求一種什麼事物的掠影過去後，那扇幽黑的門口出現一個站立不穩的小孩，穿著一套長及腳踝的衣袍，胸下束著一條腰帶，一隻手靠著門邊跨走出來。他開始搖搖擺擺地步上屋前的那條石頭和碎瓦雜陳的泥路，赤裸著雙足為了什麼獨自地出來，且將走向那裡？難道是受到剛才那一陣掠風的熱烈呼喚而離開屋宇？在這個幼稚的小孩面前並沒有任何明顯的目標，只是一條石頭碎瓦倒插滿地的不平坦的泥土路，那陣掠影早已經過而飛奔到神奇的境地而去，他的跟隨將只有一個徒勞無功的結果。魯道夫在這樣的想法之後，隨即在望遠鏡中看見那個無知的小孩的腳像踩到什麼尖銳的東西而做了迅速抽回的動作。他光用一條單腿是沒辦法站立的，因此他馬上向後跌倒在地面上。魯道夫雖然無法聽到從那裡傳來的任何音響，但是憑著遠望的視覺，能夠斷定他是在號哭和喚叫，是的，從那個門口紛紛地走出幾個男人和婦人，朝著小孩哭叫的地方奔跑，有一位婦人抱起小孩，其他的人正在檢視他受傷的腳板，他們推擁著回到那間形狀單純的屋子，消失在那個幽黑的門口，像什麼事都未曾發生一樣地恢復平靜。

隱遁者魯道夫放下望遠鏡，望著剛才那個在雲霧隙縫露臉的片段景緻，覺得它們在不藉著特殊的器物的正常的視覺下，只不過是微細而模糊不清的灰色景片。要是不假藉望遠鏡的功能，魯道夫將無法知道遙遠處那個小孩的遭遇。他再度由望遠鏡觀望，景象已光亮了許多，從先前幽黑的門戶，可以看到淺淺的屋裡，那個穿長衣袍束腰帶的小孩被放在門中央的一張椅子上，受傷的腳已經包紮了雲白的帶子，似乎要順從他的心願般地讓他能夠面對著屋外的一切事物。那個小男孩顯得異樣的沉悶，像一具泥塑的菩薩，面對著對面一家打鐵店和一棵筆直的油加里樹，在心靈裡，從腳底傳來的微微敏銳的刺痛正和他思緒裡的意志交融在一起，而這一切對那些關照他的人們來說是無法瞭解的。那個小孩也許還沒有行使語言的能力，他無法傾吐心聲給詢問他的家人。隱遁者魯道夫突然意志消沉地放下望遠鏡，閉著眼睛，把頭靠在樹幹上沉思。

•

現在霧氣降下凝聚在沙河面上，瀰漫成濃厚的一層，從北至南形成一條帶子。太陽在山後上升時，城鎮顯現出來了，背著光的城鎮，刻劃著黑而深刻的線條。隱遁者沉靜地望著它，對它外形的美深受感動，使他心裡充滿了嫉妒。他對城鎮過去的印象完全消失了；他心中留存的簡陋和蕭索的記憶被現在佔有所有視覺的美麗和壯大所掩蓋。陌生而新奇的事物使熟悉的陳舊事物消失。看來沙河已成為一條不平凡的水流；這條過去可以涉水來回的河竟寬闊了數倍，水流增加而洶湧，魯道夫想像它現在是匯集眾水的總流，與那成長壯麗的城鎮互為陪襯，並立存在。但那些聚集不容易消逝的雲霧還遮掩著對岸的下層，使城鎮的模型像建築在空際的樓閣。

「沒有土地的城鎮，」隱遁者魯道夫這樣批評著。然後用著懷恨的眼光持續地注視它。

「魔鬼居住的所在，

我是被羣魔放逐的人。」

他拿起望遠鏡，掃視著對岸，他的神色顯得很疑惑，放下望遠鏡，用著他的肉眼注視，再舉起那有些作弄他的工具，他驚訝地發現從他的望遠鏡裡根本看不到那座壯美的城鎮的實況。城鎮本身似乎只供隱遁者肉眼的遠眺，而當他想藉用望遠鏡來觀察城鎮的細節時，所映現在鏡框裡的景物非現在城鎮擁有的東西，是一些存在於逝去的年代的事物。在肉眼中對岸的一座現代水泥大樓，望遠鏡裡卻是一座紅磚砌成的古式建築。那些屬於舊城鎮時期的事物，無疑是隱遁者心靈存在的造物，透過魔術的工具，使他返回昔日的時光。

對著那座紅磚建築，他稍微移動望遠鏡，便看到一座面積不大的運動場，一些低矮的房舍在跑道的一邊，而一座巨大的禮堂則在另外的一邊。他看到邊陲的地方有一座小游泳池，越過另一面又是一排一排的房舍，房舍盡頭有一根高聳的煙柱，那裡是一所大餐廳。在隱遁者望遠鏡裡出現的是一些無聲的影像，一羣一羣的少年由房舍的走廊進入餐廳，然後每張木桌圍坐著八個人，桌面上只有兩盤菜和一盆湯，每一個人的面前有一隻盛米飯的錫碗。他們端坐的姿態，可以想像餐廳內單調無趣的氣氛。突然間，他們開始動作起來，頗像一羣蟋蟀的喫食，他們伸出去的手中的筷子，由盤子裡並沒有取回什麼東西，就像少女們機械般地裝模作樣，有些人在走道上抬著巨大的木桶，木桶裡的米飯在先一刻已經掏盡一空了。有一部份人走出餐廳洗碗，然後沉默地離開了，大部份的人還坐在裡面交頭接耳地談著。不久他們用筷子敲打著錫碗，身體做著舞蹈似的搖擺，他們張口唱歌。突然一位瘦小的少年跳上了餐桌，開始舞踏起來，坐在長椅上的人搖擺的更為厲害，配合那位在桌上跳動的少年做歡欣的呼叫。

「我們都知道，這樣可以忘懷無營養的一餐。」

隱遁者魯道夫很知情地在口中唸著。

當餐廳的門口出現了一位肥壯的教官時，所有的吵嚷馬上停止，教官走到在桌上跳躍的少年面前動手打他一句耳光，拉著他細瘦的手臂，把他拖出餐廳，其他的人馴服乖順地跟隨著離開餐廳，一羣一羣圍攏在房舍前面的草地上，觀望那位因天真而被罰站在中央的人，他的模樣有如一隻待宰的羔羊。魯道夫垂下他痠麻的手臂，厭煩地把望遠鏡擱在雙腿上，眼前顯現在天際、在那條浮雲上面的，依然是沐浴在晨光中的壯麗而安靜的城鎮。

城鎮在隱遁者魯道夫牢固的觀感中是羣魔羣鬼聚居的處所。城鎮內裡有數不盡的混亂傾軋，但它在他的遠眺中卻與天地自然結合為一體，富有動人的優美。在下一刻裡，隱遁者繼續用望遠鏡來觀察那位受罰的少年，那位少年在接受許多折磨後，被摒棄在紅磚樓外。當一羣一羣馴良如羔羊的少男少女陸續走進大禮堂時，那位少年孤單地提著包袱離去，他搭上一部汽車消失了。

魯道夫想著：一個未成長的人被排斥於團體之後，他將走往何處？他的第一個念頭一定是離開他生存的城鎮，如他還留在城裡，就會充滿了犯罪的感覺，他的心中存在著別人以為他是不良者的感想，當沒有人來安慰他時，他變得會自己嘲弄自己，或報復別人。但是他一旦踏上離開的途程，在陌生的城鎮將永遠懷著緘默及自卑的態度。昔日，沙河對岸的那個舊城鎮，當人犯有罪過（多麼不適切的兩個字）而想要鎮壓一般羣眾時，便用那種藉口，像宰殺一隻羔羊來警惕其他的羊，那些羊就產生自保的心理而在外表表示著服從。羊羣是永遠沒有自主和自由的機會，他們只有一個委諸天命的想法：就是一生難逃被宰，只希望能夠輪到最後被宰，所以便產生了一種超然的耐性來支持他的性命。

魯道夫對這一切看得非常清楚，而他自己就是一個被懲罰得最重的人，他孤單無援，在他年輕的時代，由一個城鎮流浪到另一個城鎮，尋獲不到自適的感覺，最後自我放逐，涉過沙河，來到與人類的城鎮對立的彼岸森林。

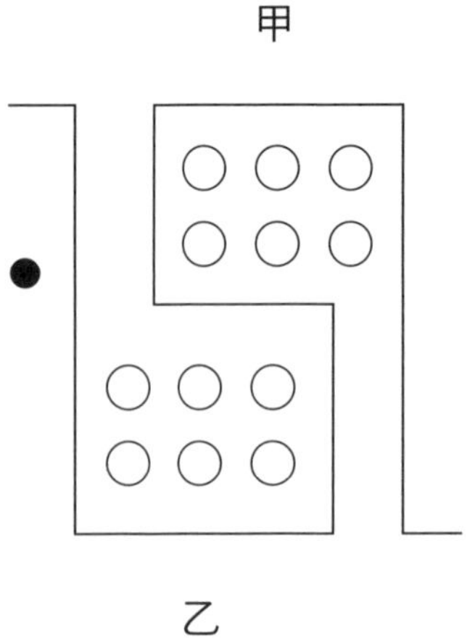

•

甲

乙

「我是一個自知脆弱的神明。」魯道夫這樣想。他在地面上劃出兩個對立的陣營的地盤，每一邊排上六個大石，而在旁邊放一個小石。（見上圖）那個小石就是年紀幼小的魯道夫自己。他在旁邊觀看兩個陣營的推拉戰鬥，當有一邊失敗時，他便把那一顆小石放在失敗的一邊，但是並不受歡迎而被推了出來。他參加甲陣營或乙陣營都因為他的外形的弱小而被拒絕和排斥。那兩個陣營你來我往，註定無法分出勝負。因此有一方便對另一方宣佈說：

「我們有個所在，設有詭計和機關，你們願來嗎？」

兩個陣營的人都離開戰鬪的營盤奔向一處山坡，魯道夫無疑也跟隨在後面跑去。他們站在一處為水流斬斷的山溝邊沿，邀約的一方指著溝裡那一片平滑而柔軟的地面說：

「你們有誰敢跳下去？」

「這就是你們的詭計和機關嗎？」

「不錯，跳下去便會陷落，陷落，直到土地把你掩埋恢復原樣。」

每一個都像是非常有勇氣的向前移動半步，更接近斷溝的崖邊，可是就沒有人跳下去。魯道夫從眾人中鑽出來，說：

「我不相信。」

「不相信你跳罷。」

他跳下去，安然地立在那塊看似柔軟卻很堅實的地面，他朝上面喊著：

「什麼詭計機關，根本就是騙人，這是自然的。」

於是斷溝上觀看的人紛紛地跳下來，嚷成一團嬉笑，且在那個狹窄的地方混戰起來。他們無處伸展手腳，都擠壓成一堆。魯道夫從一處落洞爬出來，滿身的泥濘。當所有的人都驚慌哀叫地爬上來後，那塊為水流切成平滑的坎溝已被踏成泥濘一片，殘不忍睹。

•

沙河上的雲霧漸漸地由大縮小，飄在空際，然後消失盡淨。現在對岸已完全顯露出來，一條像石牆的堤壩從北至南把沙河浩瀚的水流擋住，城鎮亂雜的建築就疊砌在石堤的那一邊。一個巨大的城鎮配合著一條不平凡的水流，形成一種令人心折的壯觀。

整個城鎮已浴在光中，從各處都能發出它們不同的亮光，每個部位都豎立著它們的特殊的形貌，那些建築的式樣使人想到它裡面居住的生命，它們在遠眺中似乎都像是一隻隻帶著互不相同程度的陰森的精神以待應變的態度固定在那裡。從這種帶著熱烈的情感來審視的隱遁者魯道夫，覺得它們有種異常的沉默。他不知道城鎮本身是大是小，當他用手指架在眼前框著它時，城鎮只不過是五公分見方的圖片而已，但在他坦磊的視野裡卻能產生浩大繁富的真實觀念。魯道夫這時才明白，當他的生活與城鎮產生著關聯時，與他現在旁觀的審視，是有截然不同的區別。生命本身對隱遁者所顯示的第一義，不外是生命的自由。他遠離城鎮和人類，無疑是逃脫不自由的束縛。

想到在晨光未降臨之時，在霧氣迷漫中企圖涉水過河的愚蠢就覺得羞愧。現在的沙河已非往日魯道夫記憶中水淺易涉的河流。新的城鎮也無可避免地替代了舊有的陋村。想到這一層，魯道夫從躺靠的姿態站立起來，在沙地上徘徊。他想，彼岸的過去與現在他踱步的所有同樣是一片沙地，而人們已在他不知不覺的隱遁裡建造了石堤，這世界無疑時時都在改變中，他想在石堤未造之前，一定發生過多次的洪水氾濫。大水氾濫和日漸漲大的水潮是築堤的最大因素。所有的建造都是人類生存奮鬪的紀錄。人類是越來越變成一個整體，為一個共同的目的而越來越密集在一起。魯道夫為此深感慚愧，他為自己的逃避而卑視自己，在他眼前顯現的城鎮的一切，都足使他低首無話可說。新的城鎮沒有半點他的功勞在裡面，而且所有存在於新城鎮的理念，也將使隱遁者感到陌生。河水並沒有阻擋魯道夫的横渡，乃是魯道夫因自己的驚悸藉故退縮回來。

•

每年的七至九月間，沙河會因颱風帶來的豪雨而水量巨增，從上流沖下大量的泥沙滾滾而來，淹沒在沙河河床種植的青菜，和附近低地的農田。起伏在翻滾的黃水上面的有整棵拔起的大樹，有牛羊豬和鴨子。魯道夫記得有一年（當他年紀尚幼的時候），水勢非常的洶湧，城鎮的人沒有預料到大水會越過河岸進入市區，那時有三分之一土塊築造的房子泡在水裡而軟塌下來，在驚慌中，人們的財產流失了，畜牲都跟著水流而去。但是水來的快，也去的快，沙河的水流最後是注入於海洋。數天之後，河水的泥沙，漸漸地沉澱澄清，城鎮的兒童和少年都在關心著河水的色澤；此值夏季，水勢減緩而澄清之後，他們便開始在跳水谷裡游泳戲水，成人則在較小的水潭撒網捕魚。

幼年的魯道夫第一次認識沙河是受年長的大哥玉明的引領。玉明赤裸著上身走進水裡，在水潭裡游一圈，魯道夫站在水淺的地方觀看他。

「把衣服脫掉，走到我這裡來。」

魯道夫聽從他的大哥的話走進水裡，玉明伸出一隻手拉著道夫，水深已到他扁平的胸部，他感覺呼吸的沉重，顯出很害怕的樣子，但他的大哥說：

「別害怕，我會扶著你。」

玉明教魯道夫把身體放在平面，用手托著道夫的下顎，叫他向前划水，雙腳輪流打水。在水深的地方，他叫道夫別害怕，讓身體慢慢地沉下去，試試水的深度，體驗水的性質。魯道夫閉著呼吸，頭部沉入水裡，當他的腳尖觸到地底時，他又讓自己浮到水面來。他的頭露出水面，重新呼吸到空氣，撲向他的大哥，玉明迅速地將他抱住。

有一天，他們兄弟又到沙河來，那裡已經有許多兒童和少年在水邊沙地玩耍，玉明詢問打鐵匠的兒子：

「你幾歲？」

「十歲。」那個男孩說。

「魯道夫是九歲，你和他比一比角力如何？」

鐵匠的兒子遲疑著不敢決定，旁邊的小孩圍著他推他，叫他和魯道夫比賽一下。玉明在沙地上劃了一個大圓圈，他叫魯道夫站在圈內。鐵匠的兒子打量著魯道夫瘦小的身體，終於帶著凶猛的姿態也站到圈內來。

「我告訴你們，不可用手打擊，只能捉著對方使力摔，摔倒對方就算贏，但是推到圈外不算。」玉明解釋說。

於是魯道夫和鐵匠的兒子互相捉住對方的手臂，頭部放得很低，身體向前傾斜著，避免對方的腳踢過來。年小的魯道夫體格瘦小，體重很輕，被鐵匠的兒子摔了一圈摔倒在地上。玉明過來扶起他，叫他注意對方的動作。第二回合開始時，魯道夫便懂得跟著對方的身體轉圈而不被摔倒。不久兩人扯抱在一起，魯道夫的身體被對方抱住，可是他用一條手臂繞著對方的頸脖，使對方如何使力也摔不掉，他漸漸地扭脫對方的摟抱，並且使對方感到痛苦而喪失了氣力，然後把他按倒在地面上。玉明走過來扶起鐵匠的兒子，他要他們再比賽一次，可是鐵匠的兒子退怯走出圈外，其他的小孩都散開了，紛紛地奔投跳進水裡。

「如果再來一次，我一定可以贏他。」魯道夫說。

「他有勇氣再比賽一次，他就會贏。」玉明公正地說。

「為什麼？我已在第二次贏他了。」

「他總比你有力氣，魯道夫。」

「但是他看起來很笨。」

「他並不笨，他只是害怕。」

「為什麼他要害怕，他怕你嗎？」

「也許。如果不是我在這裡，你敢接受他的挑戰嗎？」

「我敢。」

「真的，沒說謊？」

「我敢接受任何挑戰。」

「但你剛才的力量是來自有我做你的靠山。」

「我知道，有你在我似乎勇氣百倍。」

「他不敢再賽是他感到害怕。」玉明又說：「他不是怕你，你太瘦小，沒有人會怕你，而是我在你的旁邊。」

「我輸了，你會對他怎麼樣？」

「我將不會對他有什麼不公平之處，但他顯然只是害怕我在這裡，如果我不是你的哥哥，他將輕易地打敗你。」

「我相信。」

「我告訴你，每一個人都要學會不依靠而戰勝，或別人有依靠而不害怕，而且什麼事都不要光為了勝利，也不要看不起失敗的人，你必須學做一個坦磊的君子，一個自我獨立的人。」

「我知道。」

•

沙河在十月進入冬季後變得非常的荒涼，寒風和紛飛的細雨使人不敢接近那裡。所有在河岸的草都枯萎了，要等到明年的春天才再長青。季節風使河床乾涸的部份的沙漠逐日地變了形貌。到翌年春天，河道只剩下一條淺流，進入夏季時，河水更形乾涸，河床充滿了廣漠的沙粒和遍野的石頭，直到颱風又帶來了豪雨前來，沙河又開始它的暴漲和氾濫。沙河就是如此性情不穩的河流，一般人都討厭接近它。除了憂鬱的人在黃昏時來散步，以及喜好大自然的兒童在跳水谷一帶游泳嬉戲。

但在某天的午後，少年的魯道夫在屋子裡聽到屋後有一個叫他的呼聲，那個聲音帶著試探的意味，只為傳達給他一個人，而不想讓別人知道。魯道夫繞到屋後，看到一個同年的少年躲在樹後，用著詭祕的眼光注視他；那個少年始終不動聲色地站在樹幹旁邊，魯道夫走向他，他知道那少年是城鎮裡最勇敢最善於游泳的人，他們會意地互望一眼，魯道夫試問著說：

「現在？」

那少年微笑地點頭。

「只有我們兩個？」

那少年又點頭一次。

「你敢嗎？」

魯道夫也學他點頭表示。他回到屋裡偷偷地拿了一條短褲，然後和那位少年奔向寂寥的沙河。

太陽的光使河水澄清美麗，像一個橫臥在那裡吸引人的胴體，使人奔投向它。他們二個人把衣服脫下放在岸邊的石頭上，只穿著短褲跳進水裡。水的表面有些溫熱，但水底卻是冰冷的，魯道夫隨著那善游的少年游向跳水谷的上流。

不久岸上又出現了一個少年，然後又有幾個少年來到沙河，善游的少年揮著手叫他們下來，他們一面奔跑一面解開衣物，拋丟在石頭上，連奔帶跑地撲到水面，他們也游向跳水谷，橫過水面，爬上土墩，然後一個接一個輪番進跳水谷裡。

到了黃昏，那些少年一個一個游倦上岸，穿好衣服離開，又只剩下魯道夫和善泳的少年兩個人。魯道夫疲倦的坐在岸邊，看著太陽將落的餘暉照耀那善泳的少年的結實的身體，從土墩躍向空際，然後挺身優美地潛入水裡，魯道夫等著他浮出來，他的目光在漣漪的水面尋索，但那善泳的少年就此隱沒。

•

徘徊的隱遁者魯道夫對那隨歲月改變的沙河深深地注目，然後回到樹林裡躺下來午睡。他仰望著樹葉的綠蓋，從那裡射出一點一點閃亮的白光。他閉著眼睛，但無法睡去。他開始想到他曾有過的家庭，尤其是他的父親。

有一天夜晚，年輕的魯道夫走訪湯阿米教師，使兩位正在親暱的老情侶嚇了一跳。當他抵達宿舍的庭院沒有經過通報直入屋內時，看到陳甲先生坐在沙發裡，他的膝蓋上則坐著湯阿米女教師。他們兩個人都非常羞怒地站起來，對著站在門口感到意外的魯道夫問道：

「你是誰？有什麼事？」

「失禮，我叫魯道夫，特地來拜訪湯老師。」

「天賜？」陳甲先生有點慌恐，和湯阿米女教師用日語交談了幾句，聽不懂日語的魯道夫只能猜想他們在瞭解誰是天賜，因為他的父親已逝世多年早為城鎮的人遺忘了。

「你們有事要談，我還是走開的好。」陳甲先生表示要走開，但湯阿米教師卻不願他離去留下她一個人面對這個陌生的青年。

「請進來，」湯阿米女教師說。

「謝謝。」魯道夫走進來坐在沙發裡。

「你是本地人，我為什麼很少看到你？」

「我一直在省城讀書，前天才回來。」

「你說你是魯道夫，我希望你為我保守一項祕密，雖然鎮裡的人早有傳言，但是我不希望因為你剛才看到的事而在外散佈。陳甲先生也會感激你。你有什麼事，如果是要我們幫你忙，我們將十分樂意為你去做。這種交換你一定非常的滿意。」

「就是你不幫我的忙，我也不會在鎮裡說出一句我失禮的事。」

「我知道現在的年輕人不像上一輩的人那樣好管閒事。」

「何況這類事完全是屬於私人的一項權利。」陳甲先生多此一舉的說，馬上遭到湯阿米女教師眼光的譴責。

「那麼你來有何貴事，請你說。」

「你們一定認識我的父親。」

「是的，在日據時代他是一位公職人員，在光復時被解職。」

「我不明瞭我的父親，那時年紀太小，我現在是為我不知道的事來請教你，為何我的父親會被解職？就我所知，光復那年大部份公職人員依然保留他們的工作職位。」

「魯道夫，事情已是久遠了，現在對你還那麼重要嗎？你沒有提起，我幾乎完全忘懷了那個時代的任何事物。你大概知道，先夫做了第一任鎮長，但第二年便逝世了。我到學校謀一份教職，也是因為先夫的早死，為了生活。」

「過去的事總是無法理清的，年輕人。」陳甲先生說。

「但是瞭解對我是很重要的。」魯道夫歉意地說。

「讓我想一想，」湯阿米女教師說。她已經年老了，約有五十多歲，她有一個兒子在美國學成成家，所以一個人孤單單地住在學校的一間獨院宿舍裡，她成為校長陳甲先生的老伴侶似乎是很自然的事，因為他的妻子也早已離開了人間。「要在那些蓋滿灰塵的事跡裡摸清它的形貌是有些困難，它在我的心中沒有明顯的記憶，我年輕時從來不曾去干預先夫的處事，況且至今已經相當久遠了，我的心裡連一點微波都沒有。不過，我有一個記憶，純屬私人的記憶……」

「阿米，」陳甲先生對她使了一個眼色，似乎在警告她。

「那是什麼，湯老師？」魯道夫不想放過這個機會，他發現湯阿米女教師在說話時不斷地審視他的容貌。

「那是我個人對你父親的印象。我對於他在光復時被解職的原委，沒有確切的事實記憶，但是我像一般女人一樣，憑我的直覺，對一個特殊的男人總有一種感想。」她直望著年輕的魯道夫繼續說下去：「現在我再仔細地看你，你非常像你的父親當年的那種模樣，好像在他身體裡藏有一種特異的靈魂，就在那種樸實而端正的外表裡，給人難以言喻的印象。」

「我也認識你的父親，」陳甲先生說。「但是我沒有和他處過事，我從許多別人對他的批評裡知道他並沒有犯過職務上的錯誤，他是個很沉默但很喜歡飲酒的人，但他似乎缺少團隊精神，他不隨和，總是立在旁邊觀察別人，不屬於任何羣體派別，人們不知道他內心想的是什麼，常常分不出到底是人們疏遠他或他有意疏遠別人，所以他的存在，總給人忐忑不安的感覺。有時他又有一種無畏的正義感，發表令人頗感意外的言論，可以說在那時候是愚蠢而可笑，又使人恐懼而又頗近似真理。他似乎存在著一種這個社會裡不可能有的秩序感，一種精神理想，如果他能保持緘默，會令人有點敬畏，可是他看來又沒有領袖慾的那份狡獪，他的誠樸是消極的一種本質顯現。總之，他是一個用什麼去說明都不可能完全正確的人……。」

「他被解職也許與這種氣質有關。一個不容易瞭解的人，也正是遭人誤解的因素。」湯阿米女教師說。「在光復初年，派別分立，一個公職人員必須在外表上表明他黨派的態度，為自己的利益著想，個人也需要依靠團隊的勢力。但像你的父親既不表明他的歸屬的立場，只有他個人的理念在支持他的存在，這在那個時代而言，即容易為人誤解，也不容易覓求生存的利益。他的才幹不能配合擔當整個社會的責任，他的職位就只好讓給一個順服而庸碌的人。我的先夫在當鎮長時，所做的決定可以假定是為了顧全整個團體的團結，不得不犧牲像他那樣有才幹的人，以便順利地推行他所要做的事。」

「我的父親有什麼才幹？」魯道夫問道。

「我不知道他確實有什麼才幹，我的假定只是為了便於說明一件事。但我相信他有個性，如我在前面所談到的，他似乎隱藏著某種令人顫抖的精神思想。」

「什麼精神思想？」魯道夫追問著：「它會為害別人嗎？」

「如果是個人主義思想就會的。」陳甲先生說。

「個人主義的思想應做何種解釋？」魯道夫問他。

「依照普遍的觀念，個人主義的思想是一種自私自利的思想。」陳甲先生頗為理直氣壯地說。

「我不能贊同你這種按字解釋的浮表意思，」魯道夫說。「尤其沒有經過徹底的辯解和考查之前，隨意地加以誣衊的說法。我反而有一種感覺，不知為什麼因素，人們在這個城鎮的生活裡倡行是非顛倒的價值；人們不是應用思想來改善生活，而是遷就生活來解釋思想，過著極其偽善的日子，常常藉口為團體，事實上是為自己，就如同你剛才說的對個人主義的思想所下的解釋，所謂普遍的觀念就是不經思辯隨意附和的一種不負責任的態度。隨處可以見到在生活裡只有遵行動物的模式，忘掉去追求人與動物有著不同的精神，使這種精神能創造一個美好的生活。」

「這是年輕人的想法，但……」

「但是你們年輕人都不知天高地厚。」陳甲先生打斷了湯阿米女教師的話，嚴厲地說：「不論個人主義它本身有著什麼高尚的精神實質，它在我們的城鎮裡是沒有辦法紮根和成長，抱著這種思想的人很快地會在生活中落敗下去，也將自絕生路，像你的父親。」

「你這樣說我還是不能瞭解我的父親錯誤在那裡。一個被認為是持個人主義思想的人而被踢出社會，這種理由無寧只是一種理由，而在我們的城鎮裡欲加某一個人一種不幸，是不缺乏理由的。極其可悲的是，東方的民族是沒有個人主義思想這樣的東西存在，個人主義是西方哲學的名詞，我們根本認不清個人主義所涵蓋的實質意義，但掛在我們的口中的說法卻像是用來分辨善惡，把個人天成的個性套上一個這樣的名義，當做排除異己的藉口。我們的城鎮是講求表面化精神的所在，可是我常覺得每一個人的內心裡似乎都藏著一把刀，這一把用法大致相同的刀是隱藏在寬大多紋條的衣裳裡面，也偽裝在笑臉多禮的面孔下，但遇到機會便集體地把刀拿出來砍倒某一個人，這種傾軋現象在時代有所轉變時便會發生，不論在那一個階層情形都一樣，你會承認有這樣的一回事嗎？」

「我反對你這種尖銳的想法，我也認為你的說法會給自己招來禍害。我覺得我的生活或我看到的整個城鎮的生活都非常的安適美好，在世界的其他角落有戰禍，但我們卻一直在太平裡，我們的城鎮衣食充足，充滿了自由和快樂，不啻是人間的樂園。」

「陳先生，你的說法實在是背誦的宣傳語詞，我前面說過，人與動物有別，假如我們承認只是一種動物的話，的確我們應該滿足我們的動物的生活，但事實上你也明白，我們不能被當做動物，被規劃著動物式的滿足，其他的事物可以不聞不問，你不要以為你的話可以欺瞞別人。」

「誠如年輕的魯道夫所說的，我個人頗為贊同他話中的意思。」湯阿米教師突然插進來做為兩代之間的仲裁人，她說：「但年輕人的話往往坦直得令人害怕，與我們這一輩的人在生活中學得溫和的偽善成了好明顯的對比，我已經是接近老朽的人了，任何一切都不會再來改變我。但憑我的良知，就我所知，良知是人之所以為人的不滅的秉賦，我已對我們的城鎮所擁有的傳統事物持著某些懷疑的想法。可是你知道如非是在這個私人的場合，我是不會表示出來的。你也許會懷疑，為何我的生活態度完全與陳先生一致，可是在內心裡又有你們年輕人的想法，這是我也不知道的所謂女性的特質，因為你知道，女性是男人的妻子，可是也是男人的母親。我雖沒有機會再從頭生活，但我希望我們的城鎮要有真正的理想。即使我有機會讓我能改變我現在的生活，譬如我的兒子要求我到美國一起生活，我無論如何也不想接受這種改變。但對年輕的一代，我盼望他們不可再學上一輩人的作風，我們這一輩是真正不幸者，無法真正過誠實的生活，為了要遷就兩種不相同的體制和兩個不相同的時代，所以不得不顯示卑屈的作偽和仰仗勢力的厚顏作風，所以我盼望年輕一代能創造一個新的秩序和新的尊嚴態度。你的父親是個不能適應時代改換的人，他是個徹頭徹尾誠實的人，他在英年就逝世是一種可惜，而造成他的憂患的責任，社會是應該承當起來的，在社會裡不應太聽從大多數的墮落的人性的喧嚷，而應該立法保護少數者生存的權益，崇敬個人的思想自由。」

她的一席話頗令陳甲先生驚訝，他露出敵意問著魯道夫：「你今晚闖進來有何特別的用意？」

「我看不出他有何不良的意圖。」湯阿米女教師說。

這使陳甲先生更為不高興，他望著她，懷疑她為魯道夫說話，他又說：「我認為他是有特別用意存在。」

「我的確有私人的用意在，」年輕的魯道夫終於說。「我個人的遭遇，當我的父親被解職後，直到他逝世，造成家庭的貧困和兄弟姐妹的分散。反觀那時在日本帝國統治下與先父一同任職，在光復後依然保持職位的人，他們的豐衣足食的生活和意氣高揚的態度，對我和我的家庭而言是一種無比的刺痛。我必須追究我痛苦的根源，我的痛苦與我的父親的遭遇有著密切的關係，無寧說是我先父造成而遺留給我的，因此我必須去瞭解他，而要瞭解他必要借重你們的解釋。」

「你的父親的事與我們不相干。」陳甲先生大聲的說。

「請你不要誤會，我並非來問罪於你。」

湯阿米女教師深受感動地說：「你的話使我喚回了我對你的父親更為清晰的印象，你所表現的態度，真有如你的父親再世，坦白又誠懇。」她停頓一下，又說：「魯道夫，你瞭解你自己嗎？」

「廢話，都是廢話，」陳甲極度生氣和不耐地說道。「你所要知道的我們都告訴你了，沒有什麼可談的了。阿米，不要和他浪費時間談那些不著邊際的話，讓他走好了。你可以走了，我想像你這種人和你的父親都是一樣的不識時務，個人的命運是天註定的，我非常討厭你那一種個人的命運要社會負責的說法，與你談論是毫無益處。」

「也許是，陳甲先生，我很抱歉來打擾你，我沒有什麼話說了。」魯道夫轉向湯阿米女教師說：「湯老師……」

「不要囉嗦，快走，我們不歡迎你。」陳甲先生再次毫不客氣地打斷魯道夫要說的話。

「你這樣說是不對的，」湯阿米女教師有些氣憤地說。「我看你是越老越糊塗，這是我的家，客人的進退應由我來決定。」

「你沒有看出他的蠢相嗎？和這種傻子交談我受不了。」

「我反而覺得他很優秀可愛。」

「妳這是什麼意思，阿米？」

「有時一個人必須要有點良知和正義感。」

「妳沒看出這個人是不懷好意來的？」

「不論是朋友或敵人，凡事要公正。你也有一大把年紀了，你受的教育到那裡去了？還要談教育別人，你和那些作官的都是一樣滿身的市儈氣。」

「他不走，我就走，妳和他一樣的傻。」

「這個時候也許有一點。」

「我看妳是有點不像話了，那麼我走了，好讓你們去親熱親熱。」

魯道夫望著湯阿米女教師很快站起來，轉身憤怒地摑了陳甲先生一巴掌。她的手被他捉住，並且用力地推開她的身體，使她倒退跌坐在地面上。魯道夫奔過去想扶起她時，她已經站起來又向前衝過去，但他及時從背後將她抱住。

「不要臉的女人，和他去……」

魯道夫心情十分激動地擋住了陳甲先生的去路。

「你要是動手打我，我就控告你。」

「我不會因你要控告我就不敢打你，可是你是一個不值得我動手打的人，你是一個怎樣卑鄙下流的人，剛才已經表露無遺了。」

但陳甲先生卻舉起他的手朝年輕的魯道夫打來，他閃開他的拳頭，用力推開他，他踉蹌地奔到門口，連頭都不回地離開了。

魯道夫回轉過來看到湯阿米女教師坐在椅子裡掩臉哭泣，她的樣子顯得十分悔恨和悲傷，她對他說：

「我在這裡住不下去了，我要到美國投靠我的兒子。我現在坦白地告訴你，你的父親就是他們幾個人商議把他踢除的，你的父親像你一樣都是耿直善良的人，並沒有做錯什麼事，他只是不合羣，不懂險惡的人情世故……」

魯道夫並不希望聽到這些話，他沒有再靠近去安慰她，他默默地離開，留下她一個人在那間空洞的屋子裡。

•

隱遁者魯道夫起身給予那個不可思議的城鎮和沙河極為深沉的注視。太陽依然高掛著，向大地投出最為強烈的熱光。他用望遠鏡對城鎮做一次全面的索尋，一切都顯得那麼光怪陸離，他不能瞭解現在城鎮顯露的現象的意義——行走在街道的人機械式的腳步，以及像玩具的世界一樣到處設置的各種象徵標誌。他希望能看到昔時熟識的人，可是一無所獲。他取下望遠鏡站起來步入森林。

當他最初涉過淺淺的沙河棄離城鎮步入森林之時，他有兩隻羊和一條狗伴著他，他一直往森林深處走去，有十晝夜他都在往他理想的地方前進。當他認為無法再有眷戀的心思返回城鎮時，才無悔意地定居下來；當他已感覺不會有城鎮的氣息流過來之時，才沉靜地定居下來。

他的行程停止在一處瀑布峽谷。他馬上置身在瀑布下的水潭中洗淨一身的汗污，他的頭從水裡抬舉望著峽谷斜伸出去的有限天空。午後的日色，天際的一角佈有凝聚的雲塊，墨藍的色澤的外沿鑲著日色的赤光。他回望著那一條像緞帶般柔美的瀑布水流，它高有數丈，注入水潭時像是一陣笑聲，他注意地聽著，卻覺得它的笑語充滿形象。他赤裸裸地從水裡走出來，站在堅實的土地，他感覺自由輕鬆，環顧四周，前面是另一個更繁密的森林的開始，而後面是前段森林的結束，這之間是兩座山的谷地，有一小片草地和接近水潭的土地。他發覺瀑布的笑語將能供他反省，不致使他太孤獨寂寞，它將成為他對談的好手，他就這樣決定留駐在此地。

谷地的唯一光源是來自那能見到的有限天空。他坐在水潭邊，注視那成為白銀色的水流，他的心漸漸地沉靜而安定下來，他漸漸在安寧中意識到自己的存在，他看到了自己並非第一次但這一次使他感到心平氣和。他移坐到樹林來，就在樹木和曠地的接緣的地方，鋪了一張毛氈躺下來休息，眼睛自然地望著那片僅有的天空。他看到了無數的星星，他感覺就要入睡，突然記起了幼年時望星辰的事。大東亞戰爭期間，他們全家由城鎮遷居到山區，在山區裡根本不必要躲避什麼飛機的空襲，農夫們白天照樣在田裡耕作和收穫。夏天的晚上，他們把草蓆鋪在一座叫黑橋的橋板面上，大家躺下來仰望天空，指著星羣中他們認識的星辰；他們指出星的位置和說出星的名字，且說出星的故事。幼年的魯道夫沉默地躺在他們的身旁，靜靜地傾聽著他們有趣的談話，默默地尋找他們說到的星星。在幼年他認識的星，有數個現在出現在那片天空上，他注視著它們，它們的亮光一無變異，親切地用它們的眨動向魯道夫調戲，魯道夫感激它們，對它們不停地注視，直到入睡。

天空微明時他起身走到水潭邊，峽谷裡瀰漫著雲霧，在這特別寧靜的時刻，且在瀑布的沖擊的水聲中，隱遁者魯道夫從他的身體裡感覺到一種緩慢的蠕動的微響，像是一個巨大的柔軟的軀體輾壓著大地。他靜靜地低頭凝聽那似乎發生在不遠的距離的窸窸的聲音，他從崖壁的隙溝爬上較高的位置，然後朝下尋視，在霧氣的薄明中，他睹見一條巨蟒緩緩蠕動的身軀，約在數百尺外森林的邊緣處。魯道夫只是看到巨蟒身體的一段，沒有看到牠的頭部，牠已經漸漸地移入茂密的樹林，他看到一片落葉輕輕地掉落在巨蟒身上，像是一隻小舟，隨著那河流似的身體消失在森林裡。

他回到水潭邊用一條布巾擦拭身體，在這唯我自存的地方，他具備著各種保持健康的方法。他再度去環顧四周，覺得此地能使他趨向於安寧和自足。他取了些羊乳，升起一堆柴火把乳汁煮沸。用完了這簡單的食物後，他動身去尋找果實生長的所在，以便長久維持生存。他想著：如果以野兔或其他獵物為食，他便需要天天去追獵，當附近的小野獸都因他的捕捉而絕跡時，不久便要步行很遠的路去尋索。這種肉食的習慣將會使他整日勞頓而性情趨於狂野。

他發現一處繁生野番薯的所在，泥土裡滋生著很多果實，他還發現有石榴和龍眼的果樹在森林裡，也有草莓和李子蔓生在草叢裡。這些豐盈的果實在瀑布上流不遠的地方。森林裡到處都有可以做為食物的東西，但他希望能有一定的飲食而計劃著。

他在森林的邊緣建造了一座小木屋，門口向著瀑布和水潭。在黎明之前醒來時，總感覺距離不遠處的巨蟒的響動由地底傳來，這時他便起床，走到土崖上去觀望牠的蠕動。日子久了，他已不再懷著任何戒心，就像他心裡的欲求的幻影漸漸地變得漠然和無害；那巨蟒蠕動的優美，像是遙遠不可企及的願望，現在讓他旁觀而省悟形象的滋生和幻滅。他建造小屋是為了防禦牠的猛然的襲擊和吞噬，且在屋子外圍著削尖的柵柱，對牠的侵擊加以拒斥。但就在這以後的安然睡眠中，巨蟒不知如何地造訪了隱遁者，牠把他圍繞在屋子中央，用牠冰冷的肌膚蓋著他的身體，輾壓著他，令他不能喘息和叫喊。他在夜半驚醒時，發現巨蟒以牠銀一般的冷舌舐觸他的臉頰。魯道夫昏茫而冷靜地準備做為牠的噬食之物。但不久巨蟒漸漸移動退走了，像一個懂得禮貌而有羞恥心的性靈；牠滑行著，半閉慈善的眼簾，含蓄得如處女，不敢正視倒臥在屋子中央的魯道夫。然後他完全清醒，剛才的情景是實是虛，他覺得似在夢魘中。他起身，像往日一樣，已到黎明時刻，那巨蟒已去了很遠，他仍在土崖上觀望牠的隱退的姿態。

牠隱去後，天已亮了，隱遁者魯道夫開始洗擦身體和進餐，有時一整天他都在瀑布下淋水，讓水花噴到他的臉上。他有一套鍛鍊和進修的計劃。巨蟒的形影似乎藏匿在他的思想中，在他的腹內蠕動而迴旋不去，使他像對慾望一樣地懼慮著。有時他回到他的小屋子裡，像死亡一般地睡著，等待深夜巨蟒的蒞臨和愛撫。他口中會唸著：親愛的。翌日他醒來已沒有巨蟒的響動傳來。他走上高崖，雲霧稀少，牠的形影已經無蹤，森林的下方遠處出現了一個湖泊，它的形狀像一塊平滑無紋的綠玉，嵌在大地的胸脯上。

•

魯道夫決定用木筏渡過沙河。他無法在望遠鏡裡看到城鎮的事物，他必須渡河以察究竟，當他心中想著他們現在是什麼模樣時，他盼望睹見他們。他走進森林砍伐了幾根樹木，把它們綁縛成一隻木筏，拖著它走過沙灘，把它推到水上。他跳上去用一根長竿推動木筏，但是水流太過湍急，它迅速地往下游漂走，城鎮像一座半圓的舞台漸漸斜轉過去，幾刻鐘後，流水轉彎，城鎮已經看不見了。他的企圖遭到水流的擊敗，他在木筏上不能夠穩當地操作那根木竿，他覺得有點昏眩，因此他跳下水裡，奮力游回岸上。

他疲乏地躺在沙灘上，一面喘息一面讓太陽曬乾他的身體。顯然目前阻止他回城鎮的是自然的因素；在十年前，他可以游水來回橫渡沙河，或在乾涸的季節走過淺流，那時河水大部份是靜止的形成一個一個水潭；但十年後的今日，沙河水流湍急而危險，河面寬闊，到處都是陷坑，把昔日的優美都掩蓋了。時間使大自然改變，也使隱遁者沒有回城的途徑。

他終於站立起來，順著河岸往回走，水流約把他走漂了幾里路。想看看昔日的熟人是個很不確實的理由。唯一促使他從隱居的住所回到沙河是他的觀念中一直存在著一條沒有阻隔的路線；他以為他能回到城鎮正如他能來到森林一樣的輕易；他沒有預想沙河在時間中的成長壯闊，城鎮在時光中的變遷繁榮。他保留著當日離去時的觀念，但世界已經往前進步。現在不論他盼望他的親人的意念如何熾烈，而回歸的通道卻已經把他阻斷了。十年間他用他的心力支撐著他的身體，現在這心力似乎轉換成一道自然的阻隔的水道，使自己鬆懈的心志受到有形的束縛。心力和自然契合；自然是心力的顯象，他這樣認定著。

當他步行繞過沙河的大彎後，他的視線又能看見在遠處的城鎮的一部份景緻。城鎮似乎高高在上，像斜著側面和他相視的女人的姿態。那裡住著他所愛的女人，他所愛的雀斑女郎在未遇到他時，她便在他的夢中預示給他，而命運牽引著他和她邂逅，但是她在他的生命中已經消失了。像這樣的事已經過去了：

對痛苦一事而言，
我是製造者，壞人；
對愛情而言，
我應受妳的同情。
我們祈求拋掉怨恨，
像一隻壞腳，期盼鋸斷。
幫助我，讓我
完成心願許諾的工作。

當世人都反對我時，
妳就做個唯一與我共鳴和讚許者；
當人們都唾棄我時，
請妳把我留住。

我將永遠記住妳：
妳將自己奉獻給我的
那是神聖祕密的儀式
是一種超越一切的絕對信賴。
我的意志也是全憑此誌
努力不懈。

像這樣的事也已經過去。

柏格森的倫理學最能吻合我自知的生命的要求，他的理論在我最感無助的這個時候，突然給我一種至為義理的鼓舞。他說道德有兩種：關閉的和開放的。關閉的道德來自最普遍的生命現象，因為社會的壓力而產生，其適當的行為是自動地本能地做出來的。這種非人格的關閉的道德之所以關閉，有三個原因：它要保持社會的習俗，它幾乎把個人和社會合而為一，以致心靈老是圍繞著同一個圈子打轉。

除了這種純義務性的關閉道德之外，還有一種開放的道德，顯現於偉人聖者和英雄的身上，是人性的，人格的，而不是社會的。它不是因壓力而產生的，而是來自內在使命；它絕不是固定的，而根本是進步的，創造的。它是開放的，因為它以愛來擁抱生命，並且提供自由感，而與生命原則相諧合，它來自一種深刻的感情體驗……。

而像這樣的事是否還存在？

親愛的：

要我不寫信給妳，就如要我停止去思念妳，這兩件事是同樣地使我做不到。假如我們之間沒有恩情的存在，我現在就不會再向妳如哀如泣地想說些什麼了。我們之間的恩情無疑地便是互相的信賴。從我們交往起，我發現坦誠是一塊無價的瑰寶，一塊提煉中的鋼鐵，越打越堅硬，而且要繼續在火中燒紅，在冷水中冷卻，兩者之間的感情便是這般地來回錘打而建立起來。妳也許常常在心中這樣地想著（甚至是一種呼籲）：「痛苦需有代價」。我更是常常不忘這句話在日常中提醒我，使我堅持必須愛妳到底。妳是值得我去愛的，因為我們已經從一種通俗的男女之愛，奇蹟般地建立起一種「美感」，因為它是建立在信賴的基石上。如果不是這樣，愛情會隨時光消逝。但我們已多次在各自的心中考驗對方的愛意，從懷疑到信賴，這便是永恆的感覺的證明。所有的詩人無不在歌頌愛情，但要記住唯有美感的愛情才配去頌揚，也唯有信賴所建立的堅石才配稱偉大。把凡俗對愛情的觀念或對純真的愛情的譏誚拋在腦後，可貴的東西雖然難得，但並不是沒有。

當每天早晨我能見到妳，我心存滿意。當我能握住妳的小手，我心存滿意。當我能和妳交談表明思想，我心存滿意。當我能和妳走在同一條街道（雖然妳有時抱怨白日太光亮），我心存滿意。當我能與妳同處一屋（雖然是簡陋的屋子和家具），我心存滿意。當我能供給妳需要的東西，或妳能為我遞來一杯解渴的水，我心存滿意。當我能與妳共賞戲劇（雖然是悲劇），我心存滿意。尤其當我能與妳同桌共餐同床共眠（雖然吃的非最美的菜餚也喪失許多夜晚的睡眠），我心存滿意。妳要知道，親愛的，這個世界唯有妳（即使妳是被公認的最醜女人）才能使我心存滿意。但是請問，我是否能令妳心存滿意呢？假如我也被公認為最呆笨的男人的話。可是我心中知道（當我私竊地觀察妳，或從妳的朋友的話語中），我是令妳滿意的，這是無庸置疑的，否則妳便不會使我心存滿意了。我們都互相明瞭對方的缺點（譬如善妒），但也非常賞識對方的優點。我們的外表雖非塑造的十分完美，可是我們共有一顆向善之心。人間有一顆巨大的利慾的心，我們卻私有一顆細小的愛情的心。讓我來歌頌妳，而妳也讚美我（雖然妳有時言過其實），使我們合唱罷。最美的戲劇的二重唱，對位和賦格是我們的曲式，艱苦的生命是我們的內容。我為妳而存在，妳也為我而生存。

給雀斑女郎

此時我要將最美的愛意傳達給妳
我們互愛是如此純真和自然

從未向對方索求任何報償
我們誕生在兩個不同的地域
在此時此地邂逅之前
都已歷盡苦難
形貌留有生活刻劃的跡痕

我們相愛只觸及到靈魂
互相窺注到本質
漠視定型的外在軀骨
我們必須生活於社羣之中
靈魂的交往只得隱形在外貌之下

有兩種不同的價值存在世界裡
姑且不計孰貴孰卑
它們是天平的兩端
應是同等重量

現在我要將我最美的愛意給妳

我的存在喚起妳的良知和意志的萌芽
在虛幻和短暫的人生中
這是文明的發現，永恆的價值
我和妳都能共同擁有
我第一次看見妳
便像在鏡中看到了我自己
一個人只堪能真正地去愛一次
像柴火只能燒一次
生命只有活一次。

這是自我開拓的時代
追求生活和完美的愛
一切都回返給個人應享的自由
這一路徑已清晰地顯現

給雀斑女郎

1

現在讓我來與妳談談理智罷。

理智發出於腦，意志發出於心。

我所知道妳的所謂理智，是對理智的效能的種種錯用，因為妳只知道用它來控制心中的慾念。

理智是一條有條理有程序的智慧，它在仁慈和愛情上，具備著無窮的力量。它照顧和引導如童子般稚弱易碎的心靈，使心靈能夠在最後獲得願望（妳最明白不能達成願望的心靈是個怎樣的模樣）；當心靈的銳眼看到它的愛物之時，理智想法使它獲得。

讓我們回味著古代的英雄，英雄代表人類向善的意志。英雄的受苦是為了什麼代價？英雄的力量和行動不是來自理智的引導嗎？英雄的意志又是為了什麼必須那樣受苦？英雄沒有一顆至高無上的心靈嗎？

2

再說（看來我是為了辯論，其實我心中充滿情懷），所謂心安理得罷，它是怎樣來解釋的？妳曾經用過心思和精神研究古代的聖人嗎？妳曾經有多少次與他們照面和共鳴？他們給妳多少的教訓和鼓勵？妳有沒有忽疏錯解，像一般人抱著聖人與我無涉的念頭。

再說，人類的高貴在何處？

宇宙難道有「理得而後心安」的事情嗎？

我是一個最喜倒用字句的人，這能使人看清事物的另一層面，但是那句話，我從來不敢將它倒用於任何論說的立場，因為違背心靈願望的人，妳知道，會遭受怎樣的折磨和懲罰。

遺憾的是，我們舉眼所見的人類都是充滿了所謂理得而心不安的人。

假使妳一點也不能表示贊同，那並無所謂，本來我就是想先提醒我自己，再推而告訴我所愛的人。

3

現在讓我來與妳談談心跡罷。

我們的心跡已經存在於時間之中，它們不能隨意拂掉，也不能錯誤地加以曲解。它們在短暫的生命中卻是永恆的；而且最為重要的是我們都懷念它們，愛它們；它們是我們生命的至寶。

心跡是我們心靈的史實；一切物證都可加以毀棄和改造，可是心靈的形象卻難以除卸，所有的話語都可以造假，心中卻會作梗，任何時刻外表都可偽裝，但心裡卻充滿了真實。我們可以對所有的世人埋藏自己的心跡，但它永遠豎立在自己的心中。

我們雖然常常以責難的臉色對待那與我們共同締造心跡的人，可是我們心中因愛他們而更為難受。我們多麼不耐煩再看到那不能屬於自己的自由心靈；我們也不要再看到那不能全屬於自己的愛人。既然心中空虛，任何消遣也不會獲得真快樂。身體因運動而疲乏，心肺雖可一度填滿新鮮空氣，但會馬上流光。任何的替代之物都將更墮自己於無望的地步；希望既然落空，人生會感到乏趣無聊，除了死，但是含悲而亡，將變成厲鬼。

4

讓我與妳來共同效法英雄的精神，讓拜金者贏得他要的黃金，讓腐朽的人爭得他要的名銜，但讓我只贏得妳的信心。

活在這個世界必須有個希望，無論這希望是多麼細小，總必要有一個。

我最大的希望是想贏得妳的愛，贏得妳全心信服的愛，贏得妳敬仰的愛，並且是贏得妳的充滿希望欣欣向榮的愛情；這一切都不是靠運氣，或靠偶然的巧合，我贏得妳全靠我的才能，且在全然的時空之中。

那麼讓我們應用理智來達成我們心中對愛的願望罷。但是在未全然贏得之前，勢必遭到種種挫折，會感到軟弱，會充滿猜疑，會認為蒙昧天良，會認為損傷別人，會躊躇不前，會感覺受到囚禁失掉自由，會覺痛苦和煩惱。

可是，請妳回顧往日的英雄罷，英雄不都是如此地難受嗎？英雄不都是摒除心中的障礙，更加奮勇謀求最後的勝利嗎？

5

現在讓我來與妳談談細節罷。

我們知道，有一種人只對詩或理論抱著真摯的幻想，而對生活的事實的瑣細感到卑賤。所謂虛榮，那便是這樣的一種感情罷。

現在請妳醒來，認清自己的面目、能力和身價，估量著自己的壽命。

妳必須捉住一點什麼。

如果能夠捉住一個與妳相等的軀體更好，

不要讓活著像是一種吊懸而絕望，

妳不必選擇世俗中好的或價錢高的去追求，

妳必須看中一個無價的去愛。

一個不能做比較的東西是什麼？如果妳沒有足夠的智能，那麼再去作妳的摸索罷。

但我告訴妳，妳可以去問妳的心靈，

因此妳能重檢那些被忽視的細節，

因為心靈能給妳光，它的允諾便是一切的完成。

•

親愛的：

昨夜當我踱步到妳的住屋時，由窗戶看到妳正在編織中，妳突然抬頭向對面那位與女兒不分彼此的母親微笑一下。也彷彿對著我，然後重新埋首於工作。妳盤腿而坐，特別引起我的愛意，同時妳像在冬天時一樣地盛裝，一切都像是知道我會來窺視。

妳當知道，沒有妳，我幾乎已沒有理想，沒有精神，沒有慾望，也沒有任何的道義，也不像這個世界的公理。我愛妳這個人，那個軀身，那種模樣，那種語言和那種眼神；我所有的愛將集於妳一身。

因此，我只期望妳，為我而設一個地方（甚至是個將來的墳墓），讓我從此地的囚禁之所走出，投入妳溫柔的懷抱。即使將來我有榮盛的日子，假如沒有妳，我也不會快樂。

讓妳相信我的哀音罷，現在我只有「死」和獲得「妳」的兩種選擇。請不要以他事來煩擾我，也不要做些傻事來激怒我；我希望妳要絕對的聽命於我，讓我做「一臣之王」來指揮妳。妳不要去接近任何向妳求婚的男人，保持妳的本意的態度，等等我。死神對我如此地親善，對我注視，對我顧憐，因此如妳不願接納我，我只有向死神投靠過去。

親愛的：

現在是輪到妳要接受試煉了，請妳勿再埋恨我的忽疏和粗心的用事，臨到妳頭上的恐怕是唯有一個堅強的女子才能免除的災禍。有三件事，事實上恐怕還要多，將很快地出現在妳的面前，妳的父親一旦知道，這是不能避免的。所謂父親的無比威嚴，以及專制的面目和嚴厲的禁錮的手段就要加在妳纖弱的身上。那三件事，我猜想是如此的：

第一，禁止妳絕對不再和我往來。

第二，強迫妳調職，送妳到省城交給妳的兄長看管。

第三，無條件接受父母所提的婚事。

任何一件妳不接受，便被指認為不孝，任何人在這種情況中都會低頭接受。妳有一種事到臨頭不慌亂的鎮靜氣質，不過妳預先要有心理的準備，常常會在這樣的打擊下犧牲生命以了結苦惱的例子很多，當妳看透這些事的內裡，才會泰然處之。

我已有許多湧出來的計劃，來應付可能到來的時機，希望在發生任何事的時候要來和我聯絡，不要獨斷獨行，使我焦慮。現在我正盼望要來的事趕快到來，也祈盼風暴趕快過去，因為沒有一件愛情是會那麼輕易讓戀人就獲得它的最佳的滋蜜的。越艱苦越顯出光輝來。

給雀斑女郎

時光啊，趕快上前飛馳罷
假使命定我和妳是這人間相配的一對
那麼讓我應有的壽命
減去現在必須等候的這段時光
我不願望活到我應有的那歲數
只期待將我和妳相守的時日
趕快交在我的手裡
從現在起廝守二十年
或短些十年，或更短的五年
我和妳覺得滿意了
完全地覺得自由和幸福
然後死神請儘管來罷。
我滿意了，即使僅只數日

祂便可以領走我。

•

親愛的：

我對未來的生活。預想了一張清單，在一個星期之中——

1. 酒一瓶
2. 做愛兩次
3. 看一場電影
4. 讀一本書
5. 近郊小旅一次
6. 學唱一首歌或背誦一首古詩
7. 每天練琴一至二小時
8. 交換文學、音樂和日常生活的意見

一開始，我們在一間簡陋的屋宇中擺放一座書櫃，一年之後，便有五十四本書放在上面，也許還要更多。生活像建造一座房屋，必須隨時謹慎和校正，其結果才會比原來的計劃更美。在每一個月裡可到朋友家去做客一次或請朋友來家吃一次飯閒談。可由我下廚，或兩個人共同合作，但也許預先做好（簡單的）更好。十年之中要有點小積蓄，並且注意下一代的教育。我們在三十年之後一定可以稍為瞭解對方，因此愛情將更穩固，那時會崇愛所有高尚的精神，自繁瑣中退出，那時我會寫下回憶錄——一個平民的生活錄——和定下遺囑。

給雀斑女郎

請關注我心底深處的痛苦
因我的勇氣已喪失
諸事分不出孰是孰非
我在擔心著一種未來的失敗
陷我於不能寬恕自己的地步
往日的努力是一場空勞
我愛妳，又不能自由地和妳在一起
當妳把責任歸於我，令我混亂時
我失掉了冷靜。
請幫助我們自己，不要順流而下
我們應該昇華，逃出自己是水的分子
我們應該升空，然後才能獲得不拘形式的結合
才能獲得絕對的自由

給雀斑女郎

不要無理取鬧
不要不夠誠懇
妳是這樣的不夠成熟。
妳給我三分的溫柔
我會報答妳七分的保障
這便是我認為我們之間的真理。

•

親愛的：

我現在最恐懼的是：妳的種種對我的否定。每一次要求見妳都要使我擺出一個強盜的面孔。難道妳不能給我一次微笑，而且心甘情願的注視，讓我享受溫柔和瞭解的幸福嗎？妳必須勇於把自己的本態露出來，妳的任何優雅的款待都會使我永遠銘記和感恩，而絕不會想到的是廉價和輕易。

我曾經對妳說過，我必須努力去做一個真實的人，一個言行合一的人。妳一定還記得，只是不肯相信罷了。我的缺點是不怕讓妳知道的；從我的缺點來認識我，或許比從那微小的優點來認識我，更能使妳認清要和妳在一起的是個什麼樣的人。尤其不要誤用「格言」，要憑自己的良知來辨別，免得因為自己的無知和失察而被「格言」所害，使一條本來便不太平坦的路再佈上一層黑霧。妳本身也不能當獎品來做比喻，我並沒有和誰爭奪或競賽，然後來獲得妳這個獎品。妳是一個人，一個女人，我是一個男人，我愛妳，因為妳是我善良的心志所配得上的善良的女人，我以這個理由來愛妳。

回答

我突然一陣寒冷
我在發抖
這些珍藏的心語
雖是以文字取代
亦是筆前一番沉思與真誠
（唯一對你的察覺與共鳴）
是神聖的默契的心聲
但今日啟開發現至寶生銹
感到陣陣無比的傷痛

歷經數十寒暑
始遇稱心
魚水相遇何其歡躍
紅花綠葉相得益彰
上帝賦予我明智之擇愛
亦賦慈善，而人本自私
此二者衝突吾何不幸

君心似我心
定不負相思意
暗獨抱持勇氣
永恆不移
殊不知君心偽也
為何謊言以對？

親愛的：

我回來時雖然很不安寧，但亦想到妳被我責難後的悲傷。我完全是為了去看望妳才再到妳的面前，而責難別人今晚再一次顯現我的最為醜惡的性格的一面。妳就是內心痛恨我，也是我應得的懲罰。我甚至想到妳將永不再私下裡以恩愛來對待我，甚至是永不再有所謂愛意的任何表露了。我責難妳等同責罵問罪我自己。我想減輕妳滯重的心胸，但是這事後的補償更加顯得我的拙笨和無才，使得我難以從妳的面前回轉歸來。

假使我們因為此次的事而產生不信賴對方的心理，那麼其損失真是無窮了，我們互建的恩情都將傾倒，甚至難得再建同等的恩情。所以我的行為雖是粗魯，以及顯露無涵養的惱怒，但請妳一定想到那是我對妳的全然的無比的愛意的份上，而打消妳心中對我的不滿。不過經由這一次，妳一定懂得了我程度上比別人更為袒露自私的天性了，我心中無不時刻想著在任何場合都能擁有妳的那份榮耀。請寬恕我的這份過早就想獲得的私心。

親愛的：

現在妳已懂得了我的單純的習性，因此就難能獲得妳的敬重。我的希望在我的眼前似乎破滅了，因為連那小小的渴念都無從由妳處獲得滿足。當妳越向世俗傾靠，這就表示離我越遠，唯有與世俗斷絕交往，才能與我緊密貼靠。但是我知道，我的語言就像我的習性一樣，也同樣地未獲得妳的信賴。

我現在唯一能想的就是如何自省自己的一切。當愛情已在這個人類世界出賣給政治、商業和金錢的一切卑污手段的時候，我是一個被棄的男人。我盼望獲得一種友愛的愛情，在這種友愛的關係中獲得安慰，獲得鼓勵，獲得滋育，獲得生長的力量，並且在最後獲得無憾的死亡。同樣地，我也會報以同樣的代價給與親善者。可是我知道我無法順利獲得這些，我一直堅信應在逆境中緊握這個希望，但是現在我已察覺我已經動搖了這個信念，我已漸感失望，而且看到自己在努力培植中屈辱的愚蠢面目，因此我失掉了耐心且產生了惡劣的情緒，甚至看見那不可靠近的背景，且所有的一切變成只是我自造的夢幻，包括妳的人格都是我自己向我自己假造的。

愛情在世間並非不存在，可是愛情需要時機和智慧。現在只剩下我自己和那所簡陋的矮屋，這就是我的世界。當我去工作時，就像出洞尋食的巨蟹，然後又回來守住那個石縫。我已經沒有指望，對妳更不再抱持什麼願望，我自覺過去曾經喪失了一些我所愛的事物，現在我必須像古代的農夫一樣好好地耕耘自己的土地，並且堅嗇地守住剩下的一切。我將離開城鎮，隱遁於沙河對岸的森林。

七等生創作年表

七等生全集 05

沙河悲歌

作　　者　七等生
圖片提供　劉懷拙
總 編 輯　初安民
責任編輯　宋敏菁　林家鵬　孫家琦　施淑清　黃子庭　陳健瑜
美術編輯　黃昶憲　陳淑美　林麗華
校　　對　呂佳真　潘貞仁　林沁嫺

發 行 人　張書銘
出　　版　INK印刻文學生活雜誌出版股份有限公司
新北市中和區建一路249號8樓
電話：02-22281626
傳真：02-22281598
e-mail：ink.book@msa.hinet.net
網　　址　舒讀網http://www.inksudu.com.tw

法律顧問　巨鼎博達法律事務所
施竣中律師
總 代 理　成陽出版股份有限公司
電話：03-3589000（代表號）
傳真：03-3556521
郵政劃撥　19785090　印刻文學生活雜誌出版股份有限公司
印　　刷　海王印刷事業股份有限公司

港澳總經銷　泛華發行代理有限公司
地　　址　香港新界將軍澳工業邨駿昌街7號2樓
電　　話　852-27982220
傳　　真　852-27965471
網　　址　www.gccd.com.hk

出版日期　2020年12月　初版
I S B N　978-986-387-373-0
978-986-387-382-2（全套）
定　　價　3870元（套書不分售）

新臺灣出版中心 贊助出版

國家圖書館出版品預行編目資料

七等生全集. 5／
沙河悲歌/七等生著 -初版. --
新北市：INK印刻文學, 2020.12 面；　公分
ISBN 978-986-387-373-0(平裝)

863.57　　109017955